火之惑

苏德新 著

作家出版社

图书在版编目（CIP）数据

火之惑 / 苏德新著 . -- 北京：作家出版社，2023.9
ISBN 978 - 7 - 5212 - 2076 - 6

Ⅰ. ①火… Ⅱ. ①苏… Ⅲ. ①诗集 – 中国 – 当代
Ⅳ. ①I227

中国版本图书馆 CIP 数据核字（2022）第 206398 号

火之惑

作　　者：苏德新
责任编辑：李亚梓
美术编辑：周思陶
出版发行：作家出版社有限公司
社　　址：北京农展馆南里 10 号　　邮　　编：100125
电话传真：86 - 10 - 65067186（发行中心及邮购部）
　　　　　86 - 10 - 65004079（总编室）
E – mail: zuojia@zuojia. net. cn
http: // www. zuojiachubanshe. com
印　　刷：唐山玺诚印务有限公司
成品尺寸：142 × 210
字　　数：33 千
印　　张：8.375
版　　次：2023 年 9 月第 1 版
印　　次：2023 年 9 月第 1 次印刷
ISBN 978 - 7 - 5212 - 2076 - 6
定　　价：52.00 元

离太阳最近的嫩草

——序苏德新诗集《火之惑》

卢建平

　　大学同学苏德来在微信上留言，要我替一个叫苏德新的诗人写一个序，并随即发来其诗集《火之惑》。我一看介绍，诗人苏德新的名气比我大，还是资深翻译家，获得过很多奖，于是拒绝。但最终没抵过德来同学的一再坚持，最后只得冒着不认识作者，单凭诗歌文本，一开口即会贻笑大方的危险答应了下来。

　　一读之下，发现《火之惑》里有很多诗歌符合我的阅读偏好，让我喜欢，特别是这样一些诗歌，作者面对世界，只是淡定地告诉我们眼前有什么，而对其中的意义或感悟不述一语。"远古的葡萄一串串／悬挂在沙漠夜空／一切嘈杂戛然而止／克斯勒塔格佛寺的塔尖上／升起一轮圆月"（《浑圆的沙城》）。全诗在描述了沙城的骆驼、河床、猎人、羚羊、鸟儿、马鹿等之后，突然笔尖一宕，将视线聚焦于沙漠夜空与佛寺塔尖上的圆月，在空灵而又深远、寂淡而又丰蕴的意境中将沙城的浑圆上升到了美学与宗教的高度，其中的意味令人久久咀嚼不尽。细究其中妙处，我以为此当为作者对自然万物的独特透视与让人耳目一新的人生感悟所致。这种透视与感悟首先是建立在对自然万物的热情与热爱的基础之上，因而作者将诗集名之为《火之惑》，正是借火之温度来表达自己内心的灵魂快意，借火之明亮表达自己心底的希望，借火之净化表达自己生命的升华。正如作者在另一首诗《离太阳最近的地方》中所表达的，正因为离太阳最近，所以"帕米尔草原上的野山羊／汗血马、牦牛、当巴什羊／吃着我心上的嫩草"。这阳光照耀下暖洋洋的嫩草，所蕴含的不仅有其心灵姿态的潇洒，生命律动的自由，也有其灵魂升华的快意。

一

　　热爱与热情是诗歌创作的基础，也是诗歌之所以让读者喜爱的前提。也正是这种热爱与热情，让诗人苏德新的诗笔无所不纳，在自然、社会、精神、灵魂中率性穿行。《火之惑》中无论是描写自然四季、阳光风雨、花月山水、溪流湖泊、鸟兽虫鱼，还是表达诗人喜怒哀乐、忧思爱恨，甚至故乡人情、梦境幻想等等，无不是建立在满腔的热情与热爱之上。"你的矫情没人看清／高出风的高度／目光弹起空中楼阁／／想象诡秘嘴脸／品一段飞升／天边有一只橘红的眼睛"（《仰望》）什么是"仰望"的宾语？什么又是"仰望"的状语？风之上的云？碧空之中的蓝？天穹之下的太阳？矫情地看？想象地看，还是虚无地看？是，也不是，我觉得这是诗人对自己热爱宇宙万物，热情、真实、真理之情怀的一种最好的哲理展示。著名诗人扎加耶夫斯基说："只有激情才是我们文学建筑的第一块基石。"而这种激情的原子内核无疑就是热情与热爱。

　　有了热爱与热情的温度在场，才会使诗歌的精神在场、灵魂在场。用苏德新的话说，就是"一缕芳香就能够让我陶醉／身体里储藏的春天"。这在诗集其他无论写景状物抒情的诗行里都可以明显地感觉到。写九眼泉是"燕子山下多情女子并排丢下／九个秋水般明净的眼神"，写三月是"少女妩媚的手臂／握住汗津津的柳堤"，写风是"哼着小曲走来／春天在甜甜的酒窝里"，写桃花是"你是春天透明的火炬／吻着大地盛开，点燃我的心"，写春雨是"垂柳枝条获得河流的色彩／波浪起伏的胸脯上篝火泛滥"，写芳华是"情人谷青烟升腾／橄榄色、蔚蓝色、粉红色／眼前是举世无双的伉俪／我急忙攥紧苍穹的轱辘"，写雪莲是"大自然神工鬼斧的创造／是你的清高和自豪"，写河边是"阳光便直立起来／听酒杯的清脆／和皮肤的光滑"，写中秋是"如今时隔多年／我已银发舒展／每每望见月亮／如同望见那棵久违了的桑树／我的眼泪便跟着月光的清辉流淌"，写秋菊是"有谁记得，昨天的／刻骨铭心。秋风苍凉／将这些吹起。成为／我诗中的一个片段"，写芦花是"在我爱上你的夜晚降临／你未读的信笺／与这首诗一起撕成碎片"，写叶子是"在枝头回眸／自由的心，温暖如春／那片娇媚的容颜／点亮我的希望"……毋须赘述，我们从诗人的大量佳句中，十分明显地读到了诗人对自然宇宙、对整个世界的洋溢热情与炽烈热爱，这种温度的在场，精神的在场，灵魂的在场，是诗人审视世界与审视自我的和谐统一之产物，因而，透视与感悟形成了诗人以诗句印证审美宇宙万物、心灵世界的最好硕果。

二

当然，诗人苏德新不仅仅是只有热情与热爱的，可贵的是，他以这种热情与热爱尽情地表达了自己灵魂的快意以及这种快意的温度与亮度。诗歌本就是世间最能表达灵魂快意的艺术，但总是有不少诗人会在表达时给自己设置种种镣铐桎梏。苏德新的诗却很好，不仅在题材上广博开阔包罗万象，在语言修辞上、意象驱遣上也都能做到自由表达大胆创新，或乡情浓郁，或人生羁绊，或理想高蹈，或现实纠缠，诚如作者所言"真情当墨"，"实感执笔"，"融于自然"，"植入人心"。而最为难能可贵的是，诗人之快意也是有温度的，诗人将诗集定名为《火之惑》，并在诗中近百次提到火或写到火一般的热情温暖，这里面我想应该不仅仅是渴望燃烧的自由，还有期待跳动、发光、飞翔的希冀。即使"微弱"，却仍"依依不舍"，"熊熊""舞蹈"，虽言"惑"，实际上却已经是满满的温情与脉动。你听："多么希望此刻／沐浴在火焰中嬉戏／灵魂没有温度／烟熏火燎的舞蹈／点燃的火焚烧自己／／你只看见蓝色火焰／可我想燃烧／在熊熊的火里／我想浇灌生命／在命运的水里／／火之惑，在心里／依依不舍，无火飞翔／呵，来吧／我在向天空传递微弱信息……"这种有温度的快意，其实光是从诗集中四卷的小标题就可以明显地感觉到，"纷纷飘落的音符"之灵动简约，"一张白纸下着雪"之邃远透彻，"无法命题的怀念"之深情蕴藉，"静听，枯萎的歌"之幽致寂谧，无不显示了诗人灵魂的真实、生动与温情。

这可能得益于诗人身处新疆这个特殊地方以及其作为资深翻译家深谙西方现代主义的双重滋养，一方面，新疆多民族文化的水乳交融以及新疆独特山水的丰盈润泽给了诗人传统的豪情，另一方面，身为资深翻译家，对西方现代主义文化的深致浸淫，又使他具备了现代主义创新的激情。比如这首我颇为喜欢的《柯尔克孜族毡帽》："一叶世纪的羽毛／编织成扁舟／没有被风暴卷进／遥远的地方／摆弄自己的翅膀／丹青色的语言／表达头顶之上的图腾／／不必说出骑手的快感／扬鞭驰骋／就可表达马背民族的遗风／自然流畅／心田有只灵动的鹰／和芨芨草翱翔在托什干河畔／／请别言说毡帽的族裔／装不下《玛纳斯》的重量／其实早已经过一番思量／正是这荒山雪雨／洗刷了一叶羽毛的闪亮"。诗人从"羽毛""扁舟""翅膀""图腾"再回到"鹰""羽毛"等，并将其置于风暴、颜色、语言、骑手、芨芨草、托什干河、荒山雪雨等背景下，通过联想、变形、象征等手法，将一项具有浓郁民族特色的毡帽，写出了象征主义与意象派诗歌的意味，并传达了毡帽所承载的深刻内涵。

三

火的温度与亮度当然使人首先感觉得到，而火的净化与升华，却并非人人都能体会得到。我认为，诗集第一卷是表现这种净化与升华最明显的部分，如果让我编辑，我会把这一卷作为第四卷放在最后。这是因为这一卷的诗全是三行，这种箴言式的诗句是最难写的，要么会写成哲理名言，要么会写成干巴口号，我一直来有一种观点，诗歌就是诗歌，而不能将其写成箴言式小名言或者小口号，其实一流的日本俳句也是如此，只有那些具备了诗歌特质的才能叫作诗。那么，什么是诗歌特质呢？我认为，最起码的就是诗歌形象，没有意象的句子是不能当作诗歌的。德新在这一点上应该是与我持同一观点的，他的三行诗虽短，便总体上看都是以意象构建为主的，而哲理、意味等则自然蕴含在其中，不直接言明。"一夜梨花轻轻呢喃／留下清晰的足迹／可惜，没人从身后跟来"，题为《飞鸿印雪》，诗句以梨花作为主要意象，写出了举重若轻、踏雪无痕的意境并深深蕴含着至美无言、孤冷静谧的哲理。"万千金针射向脸庞／疼着痒着喜乐着／去丈量脚下大地的多彩"。这首《梳阳光》更是巧妙地将阳光下的劳作与创造轻松地演绎为梳针与量锦的唯美图景，寓哲理于诗情之中，且还营造了奇丽荣光的意境，值得点赞。

自然，这种升华与提升离不了"火"的净化，诗人这样来感悟"母爱"，新奇之中给人思考："大火。烧焦的黑东西/脚踢来，从里面/跑出几只蹦跳的小鸡"。我以为，这是一首最能体现德新诗歌观点的小诗，"火"是凤凰涅槃与重生的必需，它也是一个充满了诗意想象的文化意象与生命意象，具有丰富的文化内涵和特殊的生命精神。上面这首小诗传达的正是这样一种精神，鲜活蹦跳的生命从大火烧焦、手不能持的东西中来，母爱的受难与伟大跃然纸上，而诗人不言一句评语，诗中只有客观的意象，表现手法极为巧妙。不仅如此，诗人对一些比较抽象的事物，也能做到透彻地审视，比如这首名为《套路》的小诗："在火焰中全身化成水/恐眼流珍珠/不知醒的是白昼还是夜晚"。诗句不仅将"套路"的内涵通过形象的过程展现出来，而且还通过确定与否定的对比描写对"套路"的固化与不确定性进行了哲理的思考，让"在火焰中全身化成水"这一意象更加意味深长。

加斯东·巴斯拉在《火的精神分析》中曾言："如果一切缓慢的变化都可以用生命来表示，那么一切快速的变化都可以用火来表示。"我想诗人苏德新一定是深知其中之意味的，"火"中不仅有诗人对自然的敬畏与深爱，也有诗人对艺术的思考与感悟，正因为此，所以"火之惑"的内涵是隽永深邃的，这也正是诗集定名为《火之惑》的意义与成功之所在。著名诗人、翻译家黄灿然在谈诺奖诗人希尼的诗歌时曾说过一句话，他说写诗"是一种技艺，如何把这一技艺磨炼得炉火纯青或鬼斧神工，便成为一个诗人终生不懈地努力和探险的目标"。诗集《火之惑》因"离太阳最近"给予了作者以火热的能量，这能量足以媲美"涅槃"之火，使宇宙万物皆成"嫩草"。而这"嫩草"甚至胜过那"不朽"的"胡杨"，并能重新给"世界之眼"带来"碧波荡漾"的旖旎"风景"（见诗歌《胡杨之殇》）。而且，我们也完全有理由相信，这些"嫩草"倘再假以时日生长，其离离之状，必引领四季，精彩茂盛穹隆。

最后，需要说明的是，请人作序无非两个好处：一是欲借作序者之名威，提高集子的品位；二是借作序者解读之权威或精准，让更多人更好阅读集子。而我上面的文字与此两者均不沾边，实在是惭愧至极，是为序。实难为序，敬请德新务必予以谅解。

目 录

1

卷二　一张白纸下着雪

卷三　无法命题的怀念

卷四 静听，枯萎的歌

卷一

纷纷飘落的音符

飞鸿印雪

一夜梨花轻轻呢喃
留下清晰的足迹
可惜，没人从身后跟来

虚构

你试了试
想把宽广的宇宙变窄
现又想，把狭窄的宇宙变宽

云烟

一个个窗口，敞开
雕花廊檐，钉在太阳上
知了声声，脱去我的衣裳

夜静春山空

穿透黑暗，种子发芽
黎明敲醒窗口
苍穹从分娩的疲惫中释怀

童年

家门口那棵老桑
鸟儿设下欢宴
多想跟它们自由飞翔

风筝

一只甜甜的蝴蝶，挣脱茧
命运在天空飘荡
笑和哭都是火红的歌

夏夜

坐在游艇上，划着月亮
我的诗，在风吹过的
河堤上站着睡觉

往事如昔

老屋，弯腰又驼背
炉火端坐土炕
暖亮一帧黑白相片

水到之处

天山母亲滴答的乳汁
汇流成河
润泽绿洲焦渴的生灵

也是一种风景

记忆从骨头的岩洞
喃喃以海之声音
装进石头，给我重量

纷纷飘落的音符

口哨悠长，是谁在叫谁
雀儿们醋意横生
刁难中，尝到爱的滋味

石头

一只被光阴囚禁的鸟
梦里，往事逾千年
保存下来的只有硬朗的骨骼

梳阳光

万千金针射向脸庞
疼着痒着喜乐着
去丈量脚下大地的多彩

清芳奕叶

千佛洞。修性
佛光隐藏一袭袈裟
莲花，还愿的禅意

日历

唇，镌刻的花瓣
眸子涌动春泉
悲欢折叠太阳和月亮

祖国

心。目。怀揣故土
一滴光一滴脐血
无数英雄从你胸脯上站起

蜜蜂

采撷太阳汁，吮吸月光露
在人类舌尖上
拜读蜜史

胡杨

恐龙陪过，鲲鹏飞过
滴落在大漠的
一滴绿色

知识

一尘不染的花
悠然绽开
等待有心人采撷

晨曦

看见你召唤出天火
一个美丽仙子
湖泊之上还有五彩云

黄昏昏黄

不知那弯橘红色晚霞
在楼缝中浣洗孤独
还是没找到爱情的归宿

雪花之恋

放飞一群白鸽
无喙，亦不食
与泥土亲近，与根呢喃

对面

山，我与你一起突兀
遥遥相望
落日从脊背滑落

魔鬼城

或人或兽，或妖或怪
亿万年前
就被上帝圈禁于此

行踪

寻找雨，或者涧水
夜影隐去月光和星光
灵魂依旧化作流星划过

不问归期

鸟儿向你飞去
掠起目光里
一个永无谜底的倩影

韬光养晦

画里的娇羞，几人能懂
高出风的高度
大漠之上，也有五彩云天

火之惑

旁白

为你写一首抒情诗，寄给
晨鸟听。叶子逐水漂流
你若找到它，就埋进沙漠

因为风的缘故

诡谲，必然离开诡谲
血泪凝结名望
天空的云霞，转瞬消失

套路

在火焰中全身化成水
恐眼流珍珠
不知醒的是白昼还是夜晚

心迹

道路崎岖怕崴脚
神行一致
阎王又奈何

一句话

那堵墙，把两颗心隔离
墙里，踱着彷徨
墙外，乌云滚滚

楼兰

洪古大海，胡杨年轮
如今的废墟，生命荒芜
有古人生活过的遗迹

古城

万物曾被毁灭
传说，最后的遗产
一座废墟，一座博物馆

星辰

是谁把你，撒到天上寻欢
有你的夜妖艳
你眨眼的笑，多么甜蜜

力量

崖上彩虹，飞流直下
嘶鸣的野马群
一头撞进情人谷

晚霞

为了爱情，月亮湾不嫌远
闪烁的星星
被钓鱼郎从水面捞起

家乡，那片芦花

蝶儿飞扬
北风向我招手
请她吹拂枝头的果实

归巢

鸟儿向你飞去
月光洒进树林
一个永无谜底的倩影

雨后的风在吹

一声惊雷在心中轰响
黄昏怒视套马索
影子被套住，变成一只狼

走出你的视线

记忆的五彩板上，钉着
片片哀伤，我即将
崩溃，在你的眼睛里

曦光

孔雀陶醉
思绪
在鹿角尖上点燃

云彩

天空无垠
飞虹
丈量脚下大地的多彩

早春二月

戳破地皮，花期早已预定
隐匿了一次救赎的温润
一缕芳香就能够让我陶醉

三月辞

一只逍遥漫步的小雀子
吱的一声，消匿于
冰裂的树干后，杏花盛开

春雨

在天庭，你是患病的婴孩
昏睡，云母怀抱
坠地上，滴滴都在哭泣

田野

春。慷慨豁达
我迎着鸟鸣
看见犁铧遍地开花

听雨

爱的结晶，播撒
乡愁。抚慰
那些软弱的灵魂

秋风

雁阵把目光带高带远
浪迹江湖的人
从天边赶来，高声地唱

秋雨

丝丝泪，丝丝情
盈满母亲劳作的声音
葡萄架下挂满串串珍珠

秋叶

彤红的火光
里面藏着离别的低语
正成为我疼痛中的祭献

秋收

田野收拢了
一捆捆稻禾
为万物蒙上福意的金黄

秋之语

九月，牵着一缕思绪
抔土成金
几滴汗水，唱火馨香的歌

暮秋

一片落叶掉进水里
在月光下梦见
每一枚都镶着银边

回家

大雁飞过故乡，歌哭
千万人回家。月亮
今晚团圆的一面酒旗

秋的童话

月光下，嫦娥巧笑生媚
玉兔凑过来偷听
桂花倾诉芬芳的爱情

秋的许诺

用鸟儿的羽毛做个蹦蹦床
生长出无数慨叹
连接缄默与暧昧的体验

秋游

心在血色晚霞里
比花朵艳丽
那炫目的色彩浮出水面

岁月

生命如烛，有明有灭
来，是为去留的问号
且走且答，静候雪花飞落

初冬，你好吗

一群白羽，向北
迎入心门
拥抱半睡半醒的灵魂

冬至

一年中最长的夜
进入梦乡
很深。很冷

立春

我看到的色彩
在杏树枝头
被曦光点亮

春风

一把季节的利刃，剥开苞芽
涟漪波及麦苗。凌汛
发出指令，传达复苏

火之惑

新年寄我心

途中有箴言
也有情感
别把珍珠撒在石头上

我眼里藏着你

赛里木湖上空的云彩
射入心的涟漪
转瞬间消逝了踪影

南，还是北

风在黑石头上舞蹈
目光尽头，是更多井绳
靠着你的肩膀拼错落日

风，拍打风的时候

我坐在轮船的甲板上
浪花，呼叫恋人
波涛吻着海岸，融进心

雪花落在心上

梦中的世界广袤无垠
洁白晶莹的天使
在这个寒夜，为逆行者落泪

缤纷

爆竹声声，天女散花
升向新年夜空
照亮春夜里踟蹰的人

火之惑

相思

我以诗人激情
将你阳光眉毛
种植在诗行的火焰中

看今天你怎么说

花季时代看见风
嘴上没戴嚼子，亦无心
我被陶醉其中，如梦飞逝

有个地方

青青山峦流苏如瀑
漫过绿色草甸
难忘那个乳白的裙裾

离别

毡房前，竖根拴马桩
留下他的影子
垂下晨雾，撑起冷月

假如爱是天意

等你已久，我仍在等你
在粉红色的早晨
心焦，喝下一滴泪

宅家

瘟疫，拴着的一条
疯狗，不靠近它
再厉害也伤不着你

牵挂

一颗星划过夜空，泯灭
你是我快乐的闪烁
我是你永远挂在脸上的泪珠

母亲

你说我奶声奶气
记不得世面
却从我的笑声中得到小憩

母爱

大火。烧焦的黑东西
脚踢来，从里面
跑出几只蹦跳的小鸡

卷二

一张白纸下着雪

月下

一条河在夜里
澎湃，撩人的私语
马蹄声中远去

门，半掩
呼唤一颗心
梦里，读遍满天的星斗

家的味道

倦鸟归巢
不在乎贫富和贵贱
只想在回望处，歇息

鸽子落在故乡的白杨树上
屋檐下，雕花柱
不知谁在阅读黄昏

不知她在给谁绣手帕
绣针，刺伤心
我渴望再次回到"央塔克"村

仰望

你的矫情没人看清
高出风的高度
目光弹起空中楼阁

想象诡秘嘴脸
品一段飞升
天边有一只橘红的眼睛

归燕有约

衔来软软的江南
飞鸿带信还
泪，擦拭翅膀上的旧玻璃

江南的油纸伞
被一些擦肩冷落
滴落在石头上的雨带回家

一只信鸽，衔着落日在飞

一只信鸽，衔着落日在飞
燃烧的晚霞，在棉田里撒娇
还没等到爱恋的消息

拾棉花的姑娘
心，忐忑不安
眸子忽闪，拾一串露珠

她把收藏已久的心愿撒向远方
每个夜晚梦也流浪……
芦花风筝般飘飞

别离的太阳隐匿后山
当穿白衬衫的小伙睡醒时
天空被玫瑰染成一片粉红

等候

地球在轴的微光上睡去
我从床上爬起
举头望银河翻起的浪花

守恒纯洁的思念
鳞片在寂静中复活
为爱重生

夜，亦在寂静中复活
你纯洁的思念
我的抒情诗为你而生

初醒

夜，脱去睡衣，天际露出
脸庞，月仙站在花瓣上
揭开乳白色的帷幔

宇菲仙子，拉起五彩丝线
当欢笑从唇边退去
一束粉红的玫瑰呈现

我那扇早已披红戴花的窗
世界沐浴在春光之中
季节瞬间轮换

似曾相识

眼前飞过一只鸟
忽闪的眸子
投来妩媚的一瞥

我来不及叹息一声
为爱而生的你
早已飞得无影无踪……

清明

不知是谁，把我放成风筝
看见你变成一只鸽子
安居在云端

霏霏梅雨，天上的泪
载着思念飞来
眼睛，醒着

太阳雨

留下的孤独影子

把四月蓬头乱发的黄昏

轻拍着搂进怀里

今天是清明的早晨

你的心平静如水

你丢下烦恼，去向何方

请等等，千万别东躲西藏

在雨里敞胸露怀

洗涤你的心

会忘却

曾经滴血的心

和过去的忧伤

还有包在手帕里

藏在月光下的创伤

别急，已经疏远了的灵魂

就这样赤身露体地拥抱

那个老林曾是我们幽会的地方

绝不会远去

我们还会赶去徜徉

春之声

春雷，惊醒原野冬梦
淅淅沥沥的歌声
在三月的路上奔跑

春雨，唤醒春梦桃红
着一袭立体花裙
与颗颗露珠站立在花瓣上

春风，叫醒沉睡的土地
种子萌动，新芽破土
倦怠地伸着懒腰

春鸟，蹿上树梢啼鸣
枝头吐出新芽
笑迎春姑娘响亮登场

荒原春梦

永远不在一起飞翔的鸟

背不起春天

石头，在窗口丢盹

灰蒙蒙的心境

不掉毛的秃子

淹没村庄

过去一个世纪

水连接不上荒原

你是……

你是圣洁的天鹅么
我在湖泊里追寻你的影子
可是，天鹅已将面容隐匿
我的睫毛被雨水淋湿

你是南飞的大雁么
我在山谷里追寻你的影子
大雁也将面容隐匿
带着心的瑕疵逃逸

你是纯洁的白鸽么
我突然发现你的水彩画
不知这是童话还是我的幻觉
没过多久你便飞走

身体里储藏的春天

春被某种声音逼近
芽从枝条缝隙爬出
伤口越撑越大
曾经忧伤抑郁的眼睛
感觉不到疼痛

这时，我正在午睡
梦中，冬依旧张牙舞爪
使尽最后的淫威
一种叫做顶冰花的植物
似乎忘了疼痛
戳破地皮，花期早已预定
隐匿了一次救赎的温润
一缕芳香就能够让我陶醉
身体里储藏的春天

九眼泉

燕子山下多情女子并排丢下

九个秋水般明净的眼神

布谷声声

叫醒你鼓荡奔涌的眼睛

那些汩汩的呼吸

叩开你扇扇紧闭的门扉

沙枣花黄灿灿的哀怨

在这流金溢彩的五月说给谁听

是谁在我耳畔喧哗

哦，是燕子山一丝不挂的风

伫立在山顶的一览亭

指尖滑翔的阳光

多情地灼伤了我的眼睛

我的心就是这一串逗点吗

被你压在这悬崖峭壁下呻吟

真想扑进托什干河

做一次汹涌澎湃的旅行

让惊涛骇浪诉说燕子山传奇

讲述月光下马背上掳来的爱情

春天，我到河边去找你

晌晚。梦见春花
遍野添色
两只小鸟轻轻啼鸣
绿，蹿上树梢

你我在多浪河边嬉戏
采撷，蓝幽幽的马莲花
装进你的衣襟
可是，不经意间
你就把它倒进河里
让我去邂逅，一条白条鱼
激起一朵银花的羞涩

听到一声春雷
梦，突然睁开眼睛

春天。我又来到河边
寻找潮湿的记忆
可是，再也
找不到

粉艳艳的

相思。重拾

唤回青春的故事

把梦写进三月

三月，少女妩媚的手臂
握住汗津津的柳堤
河水欢唱，柳树泛青
你瞧她那袅娜的发辫

犁铧翻开浅沟
晾晒蛰伏的心事
乘着惊蛰温暖的阳光
种子拱出泥土

三月，晒太阳的原野
拉开绿色帷幕。山坡
背起羊群。羊羔撒欢
把爱情献给春花

谁都不想错过春的烂漫
谁都不想留下遗憾
唯有行色匆匆的人们
无暇顾及这如醉的春光

在这个美丽的季节

我把梦写进诗行

一切不再忧伤

一切不再纠结……

三月风

三月的风，哼着小曲走来
春天在甜甜的酒窝里
奔来眼底，等待黎明
窗口上站着湿漉漉的岁月
抚摸每一条饥饿的河流

春风的纤手，打开一扇扇窗
将我门前的树叶染绿
花朵在母腹中孕育
透过美好而善良的心
驶向风雨的家园

面对春天，我掏出心
让缕缕春光照亮——
每一块绿洲，每一片戈壁
每一个丰满的日子

火之惑

春风撩拨我的衣角

一把季节的利刃，剥开
骚动的苞芽
春风撩拨我的衣角
冰裂一冬的心，握紧
春天的手

只要一脚踩上，春天
的田畴。瑞雪兆丰年啊
我与多浪河对视
浪花恣意
流淌
涟漪波及麦苗，凌汛
发出指令，传达春的喜讯

淅淅沥沥的一场春雨
让这个世界纯洁无瑕

桃花依旧

你是春天透明的火炬
吻着大地盛开，点燃我的心
我看到你粉红的脸颊
春水，带着声息蹚过小河
鼓胀在波光粼粼的皮肤下

你递给我一束霞光
阳光燃烧你。我变成了风
爱你恋你吻你拥抱你
我又变成了露珠
在你的花瓣上
一脸的粉红
让我想起
一朵没被玷污的花朵

春雨又至

树如飞鸟，向往绿色

阡陌燃烧，灼烤土地

云之情大闹天宫

一朵惜别飘来荡去

抑或夹杂的哭泣化作惊喜

展翅飞来的风

背在身上的春光

树木如斑竹般摇曳

百花盛开，争奇斗艳

星星在园子里吐露爱情

垂柳枝条获得河流的色彩

波浪起伏的胸脯上篝火泛滥

刹那间，芳华

人心是一座多小的部落
别烤干你的芳华
含苞欲放的花朵挂满枝头

有时一刹那很长
有时一个世纪很短
每一轮回，春花献大地

你把故事做成刺玫酱
装进瓶子
洁白的时光，挨过冬

情人谷青烟升腾
橄榄色、蔚蓝色、粉红色
眼前是举世无双的伉俪
我急忙攥紧苍穹的轱辘

把月光捧在掌心

孤独的夜，我清点星星

尽管你已沉入甜美的梦乡

我思念的鸟儿围着你

尽管你已隐藏

无月夜明月陪伴着我

我向你吐露心语

每次露出笑脸

把月光捧在掌心

我的梦连上你的梦

玩起捉迷藏

追逐爱情的美满

我的夜晚

在日光的反射下，我看见
你的笑脸。你的睫眉闪着光
你光灿灿的胴体，光吻着
你酣睡的草地。你对我倾诉
光的爱，充满你的希冀
我怎能把你忘记，光吻你
照亮我孤独的小屋
你把黎明带进我的夜晚
你把光赐给我
我把你看作光
你的光浇灌我的心田
让我阔步迈向幸福的天乡

迁徙途中

在一个美丽的鸟岛上
可以闻到春天
鸣叫是假的
飞翔是真的
共同获取食物
从不争夺窝巢
没有高低贵贱
有的只是纯洁善良
不知道落荒而逃
只知道自由飞翔
不知道食物的冬天
不知道坑蒙拐骗
只知道打开心灵之窗……

悬崖上一朵雪莲花

悬崖上一朵雪莲花
点缀突兀的唇
大自然神工鬼斧的创造
是你的清高和自豪

无数的手，曾企图
伸向你的俏枝
只因贪生怕死
望而却步

夜莺对你
也曾垂涎三尺
只因无处筑巢
只能遥望而泣

痛苦是说不清的相思
爱一个人不易
为采那悬崖上的花朵
舍生忘死又何妨？

河边倩影

河边倩影
一湾秋水的最深处
在你的眸子里
涤荡一轮月亮

串串葡萄
拿给你的情郎品赏
只是穆塞莱斯麻木过后
阳光便直立起来
听酒杯的清脆
和皮肤的光滑

读你，五月天

雨霏霏揪着我的心
谁也承受不了你的爱
在命运之河中干渴的石头
激情漂流

涉过希望的滩
赤脚开花
轻吹火焰
在伤口上撒上盐

在离别的炉火上
焚烧我的心
很想用我葳蕤的树
为你庇荫

你不理解
在我变为你心的那一刻
你不理解
我用束之高阁的爱情
走进你燃烧的火焰

为了你，我用双手捧着心

恍若迎风的树

无力，丢盹……

络绎不绝

变成一片又一片磷火

我仿佛又回到孩提时代

渴望母亲

抛弃所有的天堂

永远地将我抱在怀里……

中秋

在一个清清的月夜仰望月亮
想起我可爱的家乡
想起在乡野追捕野兔
在湖汊掏拣野鸭蛋的日子
家门口那棵葳蕤的桑树吻着蓝天
把树荫抛洒在我的庭院
鸟儿们在树杈间
设下欢宴

繁茂的枝叶是它们的庇护伞
那白白胖胖的桑葚
也是我垂涎欲滴的美餐
看到那些扑棱棱飞来飞去的鸟儿
我多么想加入它们的群里自由飞翔……

如今时隔多年
我已银发舒展
每每望见月亮
如同望见那棵久违了的桑树
我的眼泪便跟着月光的清辉流淌

秋菊

你不知道
你已在我心中绽放
你已在我眼中雷鸣电闪
我不说，抑或不能说
在你的爱中，我在火中恸哭
虽然我在几个浪人中彳亍
在孤独中煎熬，因为只是
只是不想见到，薄薄的
镜子，被打得粉碎……

有谁记得，昨天的
刻骨铭心。秋风苍凉
将这些吹起。成为
我诗中的一个片段

圆与缺

水声把我们饮去

月亮照亮小河

风，放飞心情

我们跟它结伴同行

把我们背叛灵魂的肉体

抛弃在荒漠

你的头发在黑暗中呜咽

我缠绕你透明的哀伤

多少次，我们

在水唇上喃喃低语

我们成了

月亮银盘上的飞蛾

讲述我们离别的爱情传说

终于回到自己手中

无论圆与缺，我都爱你

芦花白

生命，原本就是一根火柴棒
昨夜，给你点燃一支烟
那些中断的故事，说出你
我的歌滑过你的眸子，从未中断

还是那个街巷，被你遗忘了一冬
曾经的伙伴，道声再见
太阳的燃烧，检点沙粒的心脏
啊，我们有潜入内心的企图

夜风，在黑石头上舞蹈
在我经过的驿站，目光尽头
是更多的井绳。那个午后
我靠着你的肩膀，拼错落日
大漠孤烟，摔碎泥土
芦花在我爱上你的夜晚降临
你未读的信笺
与这首诗一起撕成碎片

叶子

我倚着影子
回望太阳，回望月亮
你绿得羞涩，深入我的心
叶子在枝头回眸
自由的心，温暖如春
那片娇媚的容颜
点亮我的希望

你的笑靥像青青的池水
跟着圆润的曲径
时间的根
像另一个你
纯粹本质
深秋慢慢落入泥土
我也变成一片叶子

残荷

每天我都到你的池边来
沐浴最后的晚霞
晚风迎着思念
朵朵荷花燃放我的情
她带着幽静迎面走来
荷叶愉悦地舞蹈
她是我心中美丽的爱

出污泥而不染的花朵
太阳放慢叹息
露珠流淌纯洁的芬芳
我的心吻着
啊，荷花，你的心
点亮我每个秋天的梦

冰凌花

冰下拥抱春天
心儿跳得叮咚
哼着谣曲
如半夜梦见母亲

星星守望冰河
河岸讲述童话
说到温暖的爱情
嘴角挂一朵冰凌花

与雪书

等你，需用炉火烧旺一个季节
连呼吸都显摆着朦胧与圣洁
此刻，离不开唇
离不开吻，这都归功于炉边的门缝

此刻，完整，绣花，纯洁，爱人
都成了灵魂的主角
挤满小屋

异乡客

我走在清晨的异乡
你的酒杯盛满忧郁
你的眸子燃烧爱情
如浪漫的彩石滚动
铺成未完成的夏季

两个人结合的一条小路
每个夜晚连接天涯
半夜
月亮累弯了腰
斜卧在小路上

这条路从两个人开始
直通一颗心

她把雪书送给谁

冬姑娘唱着温柔的歌
我心中的炉火烧得正红
她从门缝伸进手
吻着乳白色的唇

呼吸圣洁
感觉朦胧
心里装的是送给爱人的雪书
一个纯洁而完整的灵魂

一张白纸下着雪

我想写一首清醒的诗，拿起笔
远方孤独的星辰，冰凉的回忆
不知是谁对我招手。陌生的人
对我说：一只苹果将击伤了你

听不到你的脚步声，令我慌乱
在我面前，一张白纸下着雪
我不知道，这是一种幻觉
还是恐惧，或者毫无意义
你的离去，我没流一滴泪

十二点做不了什么
除了象形文字
你转过头不看我这边
我的头碰在石头上
知道已来到这里
遗忘是安慰自己的最好方式
从你的手心，再一次夜幕降临

流浪的星星

沙丘上舞蹈的星星
焦急地探入夏赫雅尔（沙雅县别名）
学会在街上流浪
寻找夏季

七十年
热恋中的人
脚掌上每个伤口
把岁月的锦绣放入衣兜

有一天
你牵着一股洪流
把爱情化作石头
冲到我的门前停下

放弃天空，得到自由
放弃大地，得到永恒

我与雪花有个约定

种子发芽时　　留下一个伤口
绽开苍白的光
像滚过一道闪电

我接触到自己的内心
把受伤的心交给雪花
我知道一切都是好的
不会再埋怨伤口

带着伤口
我在雪花的光耀中
有数不清的困境
我与雪花有个约定

往后余生

如果人生旅途完美地倒转
太阳从西边升起
童年的故事靠近我
随风消逝的一切
如彩石划过
铺陈我未完成的季节

身体里惊人的荒原
残忍的沙粒倾诉热望
上苍赋予我颂扬的双唇
在遥远的神秘谷
一朵野刺玫花
像所有的花一样盛开
落日在沙漠滚落
往后余生——
一个人的名字

春在新年的酒杯里

雪绒花，从窗而入
耀上脸庞
唇天真，笑亦天真
世界如晶莹的梦
缤纷的屋，耗尽我的色彩

我们把酒杯碰响，相视而笑
为无价的生命曲"干杯!"

头场雪

雪粒花开满枝头
路旁泥屋弯腰驼背
炕上火炉端坐
星星眨巴惺忪的眼睛
与月仙交头接耳

村庄，对每个人敞开心怀
听惯了巷子里的
欢声笑语
没有醉
雪花，晶莹剔透
我感觉到生命的神秘

是夜，我忽然想起母亲

雪下着，下着寂静
树木穿上洁白的衣裳
空旷连接天涯
此刻，如我雪白的心

母亲，你的发丝如雪
你在我的梦中微笑
我把足迹打印在雪地上。思念
竟然那样地无邪，天真

白的雪，白的天使
在血红的灯笼里融化
母亲在遥远的天上微笑着
我收紧泪，把新年的黎明
一分一秒
笑醒

白雪哼着迎春的歌走来

一剪梅躲过了雪的告白
照亮纠缠不清的足迹

冰凌眺望远方的草原
候鸟说破残雪的欲望

世界在根的温暖里萌动
白雪哼着迎春的歌走来

天山连着雪谷
绿洲心梦苏醒，草木探头

我将这帧素净的乡土画
完整摄入心的底片

乡愁里的年味

爆竹声声，火树银花
万丈豪情爬向除夕夜空
照亮夜归的人

白蝴蝶欢天喜地
弹去一路风尘
岁月枝头，皓光闪烁

年夜饭，扇旺炉火
映红三百六十五个日子
丰收着粒粒麦香

除夕夜
天地欢笑
生命欢笑，万物欢笑

新年，飞翔的阳光

新年的第一缕阳光
捧着最美的祝福
打开幸福之门

火红的新年，舞动着
飞翔的阳光
牵着充满激情的社火

晶莹剔透的葡萄
冰糖心苹果
从农家场院里走出来

激动的泪水
带着甜美的笑容
在姑娘小伙眼睛里跳舞

元宵月

元宵月在怀里绽放
递给我一束光
擦拭春鸟的睫毛

光在我的路上流淌
睁着圆圆的眼睛
与世界说着吉祥的话语

瑞虎飞腾，祥龙起舞
这是生命的引力
向着崭新的日月缤纷盛开

卷三

无法命题的怀念

失落的一角

一个理不清的俊俏故事
在时间的隧道里弓身驼背
思想被孤单缠绕，面色苍白
透过心灵的镜子发现一张旧相片

羽翼轻盈，呼吸透明，手掌洁白
超越微小的心室，飞向穹苍
如花盛开，如雪纷飞
感受死去的爱情

绵绵细雨打湿回忆
飘浮快乐的叶片
愤懑化作烟雾
剥去往日的忧伤

本真时代

那时候

咱俩做着一个甜蜜的梦

一见面心就扑腾跳

碰一下胳膊肘

仿佛触电的人一样躲开

为爱盛开的花朵

在风中凋零

抱怨命运

哀号、叫苦、无奈

一闭眼便会直立

眸子留下永远的本真

眉黛低

生活如此多娇
没有描画痕迹
唇亦未失甜蜜微笑

我以诗人激情
将她阳光眉毛
画在火焰的诗句中

雪染的乡愁

放飞一群白鸽
无喙，亦不食
与泥土亲近，与根呢喃

光秃秃的树
脱去衣服的男人
与星星奢侈

永远折叠的诗笺
扉页上燃烧着一个词
故乡、故乡、故乡……

一杯苦咖啡

饮下孤独
别离在天亮前
强迫无泪的眼睛流泪

什么感觉并不重要
别总怀疑
旭日从高天向我们照耀

骆驼刺

在北沙湾
最后一片戈壁上
那棵骆驼刺

一声叹息，赤裸
颜色略带诡秘
每一根刺拼命挣扎

干热风吹散火焰
沙漠恸哭，习惯了缄默
生活撑起一把小伞

在雨中

丝鞭抽打我的心房
那是神的眼泪
每一滴如同打烂一枚鸟蛋

我在凝望白云缭绕的山峰
大自然如天真的牧童
山下传来牧羊人的笑声

这个世界被濯洗得多么清新
每个受造物都心旷神怡
灵魂接受爱的洗礼

丝鞭抽打我的窗
落到哪里，哪里一滴晶莹
抽打吧，我们需要惊醒

三月，我醉倒在木卡姆的故乡

天籁之音，咚——咚嗒，咚嗒
从刀郎旷野，潮涌而来
维吾尔姑娘的四十一条小辫子
缠绕住岁月的轱辘——飞旋

木卡姆乐曲
在辽远空寂的天际
有如受惊失措的山鹰发出的嘶鸣——
时而高亢，时而低沉
时而凄婉，时而雄浑
让人辨不清到底哪一段
才是醉人的旋律
叶尔羌河畔的舞蹈
让激越的歌声升腾
从洪荒的苍穹，渗透进
我干渴的胸膛，于是
情感的河堤
为胸中汹涌的波涛拍击
一浪高过一浪的呼吸
与木卡姆音符汇聚成
一个民族最原始的图腾

一个音符的桀骜不驯

潜入我的灵魂

与我的灵魂相连，之后

穿过我心的沙漠

在远处沉落，而我也沉睡于梦乡

忘却了一切

一缕阳光

穿越时光隧道

三月

我醉倒在木卡姆的故乡

如约

站在岁月的肩头
听河水暮春的歌唱
所有冰封的词汇都已失去风光
阳光和香花
祈盼和丽梦
在这样的日子，在这样的春天
熬过寒冬的人
有着刻骨铭心的体验

这个尘世上的人
不能远离这温婉的花朵
时间，如果回到蛮荒之前
或者丧失蛮荒之后
人们心中
依然是开不败的迎春花

对面

山，在你面前
内心与圣地一起突兀
你看到我时，我也看到你
此刻，铜的日光
把一只羽毛留在梦中
我们无法像勇士一样行走
上苍只赐予我们歌唱的双唇
在一个险峻的谷底
一朵盛开的马兰花
落日的双翅拉长你的影子

世界的圆，别离的圆
面对彼此，心城穿越毡房
你画一把镰，我画一个圈

一朵马莲花

在西营河边
我看见一朵马莲花
回望早于我的人
风一吹来，宇宙在颤抖
安静的时候她站在河边
等待我的回眸

这让我想起海藏寺
想起一个人
从我目光中消失
躲进时间的出口等待我
去点亮爱情的灯盏

还有一个人，一生都不会
与我对话，她神魂超拔
曾经与我结伴同行
然后永久消失
让我克制的链条断裂

在松树庄，我看见
一朵马莲花

我知道，这一生
只能看见你一次
我缓步前行
再回首，你已点亮
苍穹的星星，点亮我的心……

火之惑

多么希望此刻
沐浴在火焰中嬉戏
灵魂没有温度
烟熏火燎的舞蹈
点燃的火焚烧自己

你只看见蓝色火焰
可我想燃烧
在熊熊的火里
我想浇灌生命
在命运的水里

火之惑，在心里
依依不舍，无火飞翔
呵，来吧
我在向天空传递微弱信息……

一束光流过时间的痕迹

河岸绿荫如歌，风儿呼唤你我
我陶醉于你火烫的心怀
生命之河在此鼓荡飞扬
你在我窗前跳跃，急急切切

我从你的注视里学会了注视
心灵好像干涸无水的田地
没有诠释，却有朗朗的声音
从门缝入室，重温你来过的消息

盼望的风给你插上翅膀
灵魂犹如饱享了你的膏脂
因你的名我举心向上
仿佛忏悔，这便是相遇的方式

你总是无辜地背负我的罪过
像一束光流过时间的痕迹
人生之杯总是半杯　难有一杯
你将火山般的爱留在尘世

无法占卜命运，感谢出自知足

在这里，有我收获的一切

关键是获取爱，天宇迷茫

我在你的护翼下欢舞

忆沧海

撕去日历的一页，鸟儿
越过黑夜，光阴嘀嗒如血
尘封的座椅上思想沉睡
寒风里坚冰如梦

村庄空气清新，情书缠绵
呼扇如鸟儿的翅膀，似撒野的
孩子，潜入心扉。挂在墙上的
风景画，蹦出一条美人鱼

生命节奏如歌，鸟儿啜泣的眸子
身体爬行如蛇，甜蜜的触觉
照亮一帧黑白相片，光线晦暗
云儿跑来喝水，大雨滂沱

夜归人

月光洒进绿波荡漾的麦浪
翡翠的葡萄在枝头
透过枝叶甜蜜地窥探

一只狗发出沉闷的狂叫
一位村姑在葡萄架下
感情如急切的晚潮

马蹄声，近了又远
泪已不分温凉
模糊了，草丛里的双眼

冬夜

我读你时
你的头发是白的

听到你的鸣叫
我的骨头"咔嚓"

月亮在树下
像母亲烙的锅盔

晚秋

一棵树是无辜的
随季节换装
赋予大地一片斑斓彩裳
一些人，只看收成
对它的认可，不在颜色

颂扬秋风，拈几枚诗词
抒写过往情长苦短
不去想收获多少
只在一个节点
走进或者远离自己

我坐在一块石头上
等待一抹夕阳
落在双肩
晚秋不残的叶子
即使冬天临近也不惊慌

一条长长的内陆河
让生命久久延续

灵魂悠然飞向

飘来飘去的云中

有如胡杨精神的味道

芥末酱

接近她很危险
她会让你泪流满面
对此谁也说不清
即便别人不说自己也有感觉

打成粉末稀释
内无空间笃信无疑
在夜的某个角落静坐

离开她觉得心里不是滋味
并非比对爱情有苦难言
这个过程只是一种游戏
美哉，美哉

你是芥末酱么？你是比对么
还是倾诉者你对我说
哦，一个深藏不露者

答案

你把我的心，送到无病痛的一方
你把绚烂的思绪，置于身后
在音乐颤动的中心广场
热血澎湃，歌声四起
渴望的月牙挂在窗前
感觉无可救药，感觉非常粗野……

你用罂粟的口吻
和那些带刺的话语
我伤心，我被伤心
你依旧让我唱那支野刺玫的歌
女人脸上的美人痣是伤痕
藏着躲着依然矢志不移
嫉妒的敌人会做些什么
你从我的心里挑出了瑕疵
都在呼应大地湖泊的呐喊

凡尘

月光漫过每一道思乡的路
有惊喜，也有悲伤
那些无声的哀叹
从一个拐弯处进入
路人睁大的双眼
冷漠。无言
如一根草

眼泪并没有激动
时光如水流
隐隐作痛的雪花
今夜钻进一个游子的心

风的羽翼

风的羽翼挤进

树叶脆响在枝丫上

有如没有化妆的新娘

星星蒙一层薄纱

穹隆战栗，渴望的爱

血红的情，被拖上地平线

除却了悲喜心

怨嗔痴，捻熄了欲

一个跳出五行的旁观者

一声惊雷在心里轰响

把孤独推向爱情

燕子山在我眼里飞翔

黄昏怒视套马索

影子被套住，变成一只狼

如何不让心受欲的指使

听听心的声音

问问它真正想要什么

怎样才能让自己的心温暖平和

那些幽灵拖着富丽堂皇的威名

剥夺平静，得意洋洋

把地狱强加于我

遭遇被风的羽翼吹奏

人生不易

在冷雨中踽踽独行

莫辜负

往后余生，从善待自己开始

一位撑着漏伞的苦行僧

夏雨风荷

我还想回到梦的原野
梦见那个月光倾泻的夜晚
风在瓜棚默不作声
躺在殷殷的许诺里
用鸟儿的羽毛做个蹦蹦床
生长出无数慨叹
连接沉默与暧昧的体验
从那座荒凉又快乐的村庄
我感到时间正在拉长

一张脸和另一张脸
两双痴痴凝视的眼睛
亲吻哈密瓜的清香
藏在对方眸子里的那份
情的浪漫，爱的疯狂
两颗闪烁的星
比时间拉得更长
超越了想象的终极空间
仿佛看到了不知是谁的心

烦

不穿衣裳，赤身静卧寝室
走进集贸市场
不顾一切，不怕冷，也不结冰
如流浪者的爱情
孵不出爱人……

没有可叫的名字
为爱而泣——乞丐
为钱而泣——盗贼
为墓而泣——言辞多余

此刻在我内心舞蹈
从坟墓里爬出来
人生不会事事如意

遇见

飞在无边无际的天穹
突然坠落在
无穷无尽的深渊

时间煮酒
岁月渐稠
世界的喜乐，矛盾、分裂

走在生命的深处
发现那一份
孤独、惆怅、无奈

清净观世界
柔软除挂碍
路漫漫其修远兮

花儿为爱吐艳

夜影拉长柔婉，失眠的人
行色匆匆，站在纷乱的路上
树木昏睡，路灯结巴
死马——抛锚的汽车

脚下轮回的命
耍不得流氓的街道
目光闪动着酒色
人在夜色里
花儿为爱吐艳

死守故土的人们
别说石头变不了坟墓
石头的心，还是石头
只是没有层层绽放

风带走的情

你的脚步声越来越近
欢快又温柔，你绿色的梦
随烛光消失的一切
从未消失，也许哭也许笑
你跨进门槛如彩蝶
我的床
融进你的梦

第二天你醒来
蜘蛛姑娘贴了一墙
不知是谁有意写下你的名字

赶早蹦出巢的蜜蜂

酽雾叫醒太阳
天边孤女，身披霞衣
鸟儿们叽叽喳喳飞向远方
天空无垠，纯洁的心怀

小宝向妈妈道声再见
把一书包鼓鼓囊囊的希望
塞进课堂，锁住空房
上班的路上胃囊高唱

蹦出家门的人
追赶车水马龙
我们是赶早蹦出巢的蜜蜂
为采蜜而刺伤心

月光簿

你是最后的诗树
缀在你枝头的不是树叶
或者果实——除了诗一无所有
树的心，枝头上没有鸟儿
树荫下没有花朵
轻轻地将忧伤的月光洒下
你看不见体内的月光
心中燃烧的是你的孤独

最后的晚秋时节，从你的枝头
吹落心。月亮靠着你的躯壳
读着你的诗，是那么地清澈
晚秋的天空，你的思念晾在太阳下

你的言语无人读懂
你的手无人握及
冰清玉洁的月光，渗入你的心
你的眸子是一个绿色的火星
你的心是没完没了的别离
谁也不知道你的叹息

水远山长

从草原回来
人困马嘶
丢盹

夏在草丛舞蹈
河诉说
水以自己的意思泼洒

我们对自己打不开情面
大地龟裂
花朵含苞凋零

太阳蜷缩在老墙下
床不顾最后一战
你不是羚羊
我也不是猎人
我的话在祖国
你在黑色中……

我们曾经爬冰卧雪

那时我们年轻

我们历经千难万险

曾爬冰卧雪

如今拉练的队伍很长

在亘古荒原留下他们的足迹

有时还翻山越岭

穿越荒无人烟的戈壁滩

别说人迹罕至

粉艳艳的柽柳花盛开在旷野

仿佛误入花红柳绿的村庄

留住那湾风景

把一切留给远方

风沙永远埋不去我们的足迹

或许有一天

我会把经历的故事讲给孙子听

指尖弹出的牡丹花

1

你是鲜花盛开的草原
你是田野飞翔的歌
牛羊成群的
游牧族裔
在这片
丰饶的土地上
曾经发生过无数战乱
五彩缤纷的色彩
鼓舞士气
曾经折射出
丝绸之路的辉煌
曾经孕育出
千佛洞神奇的神话故事

2

你的生命花样繁多
你曾经渴望远行
面朝经纬分明的竖琴

纤纤手指拨动琴弦

弹出火花，弹出希望……

精神弥足珍贵

星光照亮清晨远行的路

遥远的地平线连接着高山大川

初升的太阳照亮花朵

这是你天人合一的杰作

3

你的"牡丹图案"分外耀眼

你把纯洁和善良织进

你的灵感

你把人类的良心

织进地毯

清除杂念……

你的"梅花图案"

织进绿色情感

微笑的花园也嫌狭小

应该是一片

鸟语花香

花草树木的

一对对叶片比翼双飞

4

"烛光图案"织进爱情的火花

和每天为情感付出的忧伤

渴望光明的心

围坐灯下

巧手编织出

无价之宝

重重寓意

你是大地母亲的浓缩

无尽的想象

你是心灵手巧的织毯女

忆

树的叫声，把我引向
你的城池，童年的故事去了何方？
莫非离我远去，抑或陌生？

我的星星走来，背靠背阅读天空
月亮啊，到我家里去吧，天还没亮
今天是不是说过？你的脸

白在子宫的光，那湖带电的肌肤
一个人画的画？还是什么
影子摇来晃去，圆满青蓝

月亮高临高速路的一肩
半夜在你的厨房，滴漏黑暗
随便坐哪儿，用同样的亮光

拇指印下一次又一次将他们掩埋
可否到过你梦里一次？
我没有什么给你

一些装进口袋的石头

好给我的所有一点重量
你的眼泪灼痛了我的后颈

记忆有只手在坟墓伸到手腕
天空的黑筛下泥土在你拳中揉碎
我成了孤儿，一个接一个

天际一如你粉红色的面颊
我的童年，叫醒太阳，敲响门窗
繁星成为我美味的晚餐

我突然想起，母亲讲过的圣经故事
我的童年，回归于你。这一世
所有的相遇，都是上一世的重逢

携一缕帕米尔的夜风

这个夜晚在冰山骄傲的巅峰

被无尽的静寂笼罩

山谷间涧水潺潺

带走溢满的爱恋

草原骄子盘羊静卧

它们反刍药草的声音

犹如演奏一曲清丽的小夜曲

星星眨巴着眼睛前来伴奏

五柱大屋跳起了鹰舞

欢快的鹰笛在夜空回荡

当塔吉克麦西热甫达到高潮

我们不用翻译，就拿伊力特

举杯邀明月，顿感高原反应

羊群远远地从托喀依

蜿蜒的小路走来

后面跟着

格拉芙花般俏丽的塔吉克姑娘

如此淳朴，如此俊俏

这么逍遥的人生
喜欢离太阳最近的地方
美丽的大自然在皎洁的月光下
这里的花儿因此这样红

另一个我

在我内，遇到浓浓的黑暗
我成了自己的陌生人
自我感觉的离异
可怕的发现，从我内涨起来
像从地缝中闯出一个怪兽

那些没被公开的隐私
对父母不孝，对恋人不忠
对师长不敬，对他人嫉妒
对钱财贪婪，漠视弱者……
这只是另一个我

在我内，遇到另一个我
触到最原始的恐惧
我是一个弱者，应制造
一个有光的世界
让另一个我显示出来

没有光，就没有另一个我
没有一个挡光的对象
也就找不到另一个我

火之惑

相约黄羊镇酒吧

夏日我来到
葡萄藤搭起的凉棚
祁连云杉是黄羊镇的眉毛
眼睛是黄羊镇的情人

相约黄羊镇酒吧
杯盘演奏
美妙动听的音乐
供耳朵消化
流浪的故事
狂聊的宴席
呼吸中飘散着西凉啤酒的气息

夜浮在我的脸上
翅膀挂在白蜡树上
五彩缤纷的鱼布满穹苍

候鸟

夏在果园凝固
果汁泼洒歌谣
枝丫上的树叶开始凋零
鸟儿舍弃窝巢迁徙
果树颜色鲜艳

丰收的庄稼
饮牛的老汉把缰绳盘在背后
美丽的姑娘梳理发辫
游人也转移了地方
月亮挂在墙角过夜
古老的白杨进入梦乡

隐约看到我的恋人
心文绉绉地颤抖……

我从河里拣回一个石头

我从河里拣回一个石头
坚硬与孤独
是它的痛苦
不知与谁倾诉衷肠
风暴、雷电、雨雪……
像光阴一样将它凝固
多少次波打浪击
不知是爱还是苦
是某个伟人的肖像，还是……

我想
它是一种恒久的爱
它是一颗蹦跳的心

枝头的影子

一颗星静静划过你的伤口
你温柔清亮的胴体如白雪
伊梦难忘
枯去的花丛
森林激情飞扬
头发漫过城墙
夜灵忧郁地摇曳

夜啊，撕开星空的夜
愉悦的情，消散的命
向着你汩汩流淌
鲜红的血系在你如烛的头上
落在残秋枝头的影子
像穹隆的项链
挂在毛茸茸的羽翼上

小城即景

浮躁的海洋
繁星璀璨
岸边的水泥森林
街巷拥挤
人烟稠密的空中楼阁
房门紧闭
在一个小区居住多年
阳台装有护栏
从不过问邻居姓甚名谁
常从猫眼看人

我在层层烟雾里过日子
早晚吃饭
转移地方
餐厅变成旅游景点
喇叭喧嚣
耳朵遭殃
智慧的世界
种植出城市
我突然钻进庄稼地里
城市变成了神话

诵心经

你的池塘，我从未经过
月亮掏空的故事
你触到我的伤痕了吗？
然而今夜，像这样
一只鸟儿落在你河边的树上

区别冰与火，小心折断翅膀
吞下的饼徐徐扩展
你告别的声音响过几遍

夜来了，天堂鸟在梦中呢喃
——我触不到你

火之**惑**

侨居的太阳

你的假期终于凋谢
把一切装上车
可是，车厢盛不下
你眼睛的一片汪洋

在我的梦里
依旧找不到你的影子
知道什么叫离别
这世上最大的痛苦
在这个枪口上
多少人流血丧亡

一个侨居的太阳
怯怯的激情
如一盘废弃的水磨

蒲公英

金黄的铃铛吐艳
在偏僻的渠沟沿安家落户

姑娘的手掌里见不到你
你无声无息度过一生
无意争春，不计名利，扎根土地

呵，我若如此了却此生
也许会贴近天堂

大连至烟台的船上

颂咏西风的人
无可抗拒地
坐在永恒里发呆
水是天际，天际是水
人看不到船在哪里
对面的世界远在天边
可否对我们揭开面纱

我要返回塔里木
我的思绪飘着雪

沙枣树

难道说

你的花瓣里真的有酒么？

年年春天

我都醉倒在你的身旁

忘记了孤独的煎熬

尽情地嬉戏在你的身旁

离开了你

我便离开了青春

成了夜晚不灭的灯盏

情人们依旧来来往往

围坐在你的树荫下乘凉

时间宽恕一切

砌好的坟墓，闻到死亡
与众生同病相怜
闪耀着美丽的安静
拎着打好补丁的病患

牌匾如一枚刺眼的铁钉
大门像一头饿狼
危在旦夕的生命似沸水
医术如吊瓶滴答殆尽

兜开洞，手发抖
如一个小偷相互勾结
呵，病房，若移入心灵
也许病入膏肓

我们曾在梦中惊醒

我的双手被天神捆绑
他把我带到地狱门前
我想向他诉诉苦
却怎么也发不出声音
或者根本就找不到避难所
他说：把那个十恶不赦的人押上来
让他永远在火狱里受苦刑

我看了看妻子的眼色
母亲却受尽了苦
还没等我付分娩的阵痛费
以及哺乳费，便被撵出家门
老母留在家里
这是为自己聚集财富

老母孤零零地活着
贫穷和惆怅压在她
苍白苍白的心上
这些该死的痛苦和辛酸

我的心在恐惧，我的手在颤抖
我被推进地狱……但
这时奇迹终于出现

呵……我被扔进母亲的怀里
她说：我的孩子，是你么？
如果没有你，我要天堂做什么？！
不如与你一起下地狱！……

于是，天神们停下了手脚
我便大喊：妈妈！妈妈！！
我的躯体虽然离开了地狱
良心却在受煎熬

你好，帕米尔！

我祈盼着见到你

这个梦想在我心里隐藏已久

我想把我苍苍白发

泡在泽拉甫香河里洗浴

我想给鱼儿读我的诗

我想跟着白云爬上山

把我的梦想晾晒

奔流不息的河面

撒满星星

我在山花中找到了

与塔吉克姑娘平顶花帽上的

刺绣一模一样的麦戊瑞花

美丽的石莲花盛开在路上

从花朵里跑出来

骑牦牛的塔吉克小伙子

把古丝绸之路绑在拐杖上

讲述神秘谷的传说

把自己裹进冰山之父的冰大衣

我在世界屋脊上散步

我与慕士塔格峰融为一体

到过的一种世界

打开因特奈特

如同隔道墙听故事

世界立马精彩

黑夜透明

网络无所不能

蚍蜉撼树不再是可笑之事

螳臂当车也轻而易举

可以不照面地等待恋人

如隐形贝壳

娼妓与名人共舞

常站十字路口拦路

我急忙从摆摊的地方绕过

敏感的神经感觉谨慎

我从一条小路绕到坎坡

眼前是一个郁郁葱葱的世界

美丽的风景在闪烁

心中燃起神奇的火

惠风

你用温暖的手抚摸大地
也抚摸我的脸颊我的眉睫
花瓣飞翔在你的路上
叶片不停地亲吻着你
你时而像一首忧郁的歌
把我搂进你思念的怀里
请告诉我，你到底在哪里停歇？

我在甜甜的希冀里等你
你时而来得是那么和煦
如田间摇曳的禾苗
你每个季节都跟着春天走
给世界传递一个美丽的声音
啊，请你给花瓣送来风吧
让我高高兴兴地出门去采集

无法命题的怀念

黄昏降临，暮雨滴滴

感觉连着哭泣

太阳折射出眼睛

孤独的底片

夜里老人不停的咳嗽声

不断传到床前

梦落枝头

猫头鹰对我鸣唱

昏迷者喋喋不休的语言

点缀死亡

我在恶人点起的篝火里

焚烧一堆愤怒

黑夜没有勾勒出我忙碌的灵魂

我也没把愚昧当作教科书

信念，诗，精神宝塔

清贫的烟灰盒，昭著的忧伤

劫数是一根苦涩的莫合烟

把生命卷起来递给我

来吧，孤独。靠近叹息

吸一口尝尝痛苦的滋味

树叶孵出的打工仔

树叶孵出的打工仔
小臂撑着下巴颏睡在街巷
孤苦的声音敲敲窗
可否叫醒那快乐的姑娘
苦命的边缘
几多泪水早已哭干
别哭，你的歌谣
让我做你二胡的弓弦

痛苦的补丁做着梦
渴望的破洞羞涩
呵，龟裂的嘴唇在颤抖
爱与恨结成冰
习惯在街头孤独
等不到天亮便冒白烟
忧伤吸着忧伤
盛不下积攒的烦扰

歌声撇嘴
为抽噎的人寻找平安
沉默生出四壁

安慰酸涩的思绪

打工中痛苦的激情

将自己写给树叶

一个打工仔闭不上眼睛

人在途中

藏在心中的感觉
在一个年轻的早晨上路
先爬陡峭的山，再跨
湍急的河。走在荆棘丛中
满身都是划破的伤痕
在一望无际的黑戈壁上
受伤甚至憋屈
可是绝不叫苦连天
旅途继续。发现一个
什么预兆，谨小慎微地隐藏

那天黄昏降临，历经
千难万险，千辛万苦
我的感觉终于赶到
你心的门口
可惜！因为她看到
干枯的心的那个地方
我的感觉成了一千个碎片
不能立刻返回

对弈

相对而坐
一部棋局的开始
目光对视
除了针锋相对
还营造逍遥的阵容
河边无青草，不要多嘴驴

棋盘间也许有驴叫
把玩一下，又何妨
微笑在各自的丛林追逐打闹
上冒的火焰为新的开局擂响战鼓

人生如棋
偶尔也会跟你开玩笑
瞬息万变的布局
失去的棋子和微笑
自然握手言和

无名翻译家敬隐渔

上书院有一个隐藏的修士
他八岁进入白鹿下书院
十三岁进入白鹿上书院
学中文、练书法、习外语……
成为文学界和翻译界的传奇人物
这个半途修士就是敬隐渔

他是中法文化交流的使者
他中译过拉马丁和莫泊桑
罗曼·罗兰以及巴比塞……
他法译过郭沫若的《函谷关》
鲁迅的《阿Q正传》
陈炜谟的《丽辛小姐》……

敬隐渔不单在翻译中成绩显著
也是一个奇特的文学著作者
他著有小说《玛丽》
诗歌《破晓》
还有散文《蕾芒湖畔》
小说《皇太子》……

他曾与鲁迅数次通信受教

他曾与法国文豪罗曼·罗兰联系紧密

郭沫若曾夸敬隐渔——

创造社所发掘的天才

张英伦称赞敬隐渔——

被神秘面纱隐藏着的奇才

"时代楷模"拉齐尼·巴依卡[①]

昨天我还在翻译你

歌颂党的同题诗《南湖》

今天却突然传来你

勇救落入冰窟的儿童而牺牲的噩耗

这突如其来的晴天霹雳

有谁能忍受如此的悲恸

慕士塔格阿塔捶胸顿足

美丽的塔什库尔干河泣不成声

你可是鹰的传人啊

红其拉甫边防连义务向导和护边员

你骑的牦牛翻冰峰，踏雪浪

[①] 拉齐尼·巴依卡（1979—2021），男，塔吉克族，中共党员，2001 年入伍，2003 年退伍后成为红其拉甫边防部队的义务巡逻向导，曾任新疆维吾尔自治区塔什库尔干塔吉克自治县提孜那甫乡提孜那甫村村委会委员、护边员。2018 年当选第十三届全国人大代表。2021 年 1 月 4 日，在喀什大学学习期间，为解救落入冰窟的儿童，不幸英勇牺牲，年仅 41 岁。2021 年 3 月 3 日，中宣部追授拉齐尼·巴依卡"时代楷模"称号。惊闻噩耗，悲恸不已，赋诗一首，以表悼念。

在巡逻路上，你走在最前面

你带领战士走遍每一道山冈
每一条河流，每一块界碑
你站在离太阳最近的地方
时间永远定格在年轻的四十一岁

"祖国需要我们，我一辈子当护边员
我的后代也当，像保护眼睛一样
保护我们祖国的边境……"
这是你生前经常的口头禅

这掷地有声的铮铮誓言
仍在巍巍喀喇昆仑乔戈里峰回荡
如日月之辉照耀着色勒库尔古城堡
"帕米尔雄鹰"永远翱翔在祖国的边境线……

卷四

静听，枯萎的歌

胡杨之殇

晨风啊
请你给我的同伴捎个信
给她讲，我那个
思恋童年的
凤巢筑梦的心
和那个碧波荡漾的
"世界之耳"的风景

同伴啊
我多想做你永恒的恋人
可是在那一百零八万个
涅槃的日子里
我已经白骨嶙峋
变成了时间的残骸

我那个亘古枯魂
依旧在听
三千年不朽的爱情之歌

塔里木河

许多梦连在一起

成了梦的王国

阿克苏河、叶尔羌河、和田河

交汇成一个骁勇的骑手

撞进塔克拉玛干的

海中

无缰野马驰骋

汹涌澎湃的嘶鸣

凝固成一只人的耳朵

马蹄溅起的尘埃

落在脸上

化为楼兰美女的香粉

大漠蜃景

门口的狗
把自己晾在太阳下
舔着伤口

没有你
爱情哪有命运
我的诞生
离你的情人很远
我想在你
头顶的
五彩缤纷的云朵上
筑造海市蜃楼

在塔克拉玛干的蜃景中
在干燥的激情中

台特玛湖

这个戈壁仙女，让我再次
凝视，此刻的蔚蓝
眼神投递火星
台特玛湖明净澈底

深夜，鸟儿眼里等天明
碧水清波随风荡漾
鱼翔浅底，天鹅白鹭悠然自得
羽翼翔动的韵律触动火焰

湖的尽头是爱的尽头
黄羊骆驼四处散步
圣洁的潮润
隐匿于心灵之上

我问过你博斯腾湖
却失去台特玛湖
一个因人类
而消失，又因人类而重生的大湖
各种动物丝毫没有远去的意思

如一条长长的飘带
把我们拴在一起，无论
饱饶的，还是饥饿的
都在呼应大地湖泊的呐喊

流入湖水中的月光
从此生辉，和着少女
特有的芬芳，潋滟闪现
我的心在急速中即刻飞翔

火之惑

千年等候

我望着你的眼睛
在树梢炫耀你的金碧辉煌
厮守大漠千年的相恋

眼睛在眼睛里休憩
啃噬你三千年的脸颊
簇拥你亘古不变的初心

嘴唇在嘴唇上璀璨
等待太阳从遥远的地平线醒来
点燃的心怎么忍受

我听到你远古的声音了
可我仍在塔克拉玛干静候
你问爱么，岂不要我命

塔里木的秋天是一帧油画
你的金元宝撒满丝路
怀揣相思，迷醉了我的眼睛

克孜尔千佛洞

佛光隐去，幽灵们纷纷逃离
克孜尔千佛洞，只剩一袭袈裟
覆盖着的空悠悠的洞窟
克孜尔山赤链蛇般蜿蜒爬行

俨然凶相毕露的守护神
仿佛法尔哈德仍在凿壁悬崖
苦涩的爱情，在希琳公主的眸子里[①]
幻化成千古流不尽的泪泉

绵长而炽热，神圣而宁静
向世人倾诉无尽的哀伤
我虔诚地注视着空白的墙
忘了饥肠辘辘、落荒而逃的身份

我还没找到玄奘历险的经过
还没在虚幻中捕捉到鸠摩罗什
修性的超前，蓝幽幽的马莲花
已经开得铺天盖地，期待还愿的奉献

---

① 法尔哈德与希琳，新疆少数民族爱情故事中的主人公，
相当于汉族故事中的梁山伯与祝英台。

渭干河上空盘旋的鹰

在不停地粉碎海市蜃楼的诱惑

当沙尘暴昏天黑地之后

东西方文明已经在此怀孕并分娩

直到今天，我搭乘神舟飞船遨游苍穹

在满天繁星的空隙间，追忆

龟兹①先民生活过的场景

游牧、渔猎、耕获、嫁娶

穿行于胡杨林中的生活情趣

还有腰肢柔软挤眉弄眼的

龟兹舞女，伴着

箜篌与笛声舞姿翩翩，横空摇曳

当狂热的信仰麻醉生命时

佛的魅力才会圆满

从一个个洞窟冶炼出的

精华，灿烂这片龟兹故土……

---

① 龟兹：古龟兹国名，最盛时辖境相当于今新疆轮台、
库车、沙雅、拜城、阿克苏、新和6县市。

仰望别迭里烽燧[1]

时光的风刀
镌刻在丝绸之路上
驿站残留的烽燧
早已不见风雨征战
冲杀敌阵的剑戟长矛
只有日月的清辉
追赶风花雪月的苍凉

我沿着远古的胡麻田
寻找英阿瓦提古城
以及玄奘路过乌什的雕像
如今的沙棘葳蕤也好
胡杨落木也罢
纵使它们默守驿站
踏戈壁卧冰雪
笃信好男儿挺立塞外边关
战死疆场的誓言

---

① 别迭里烽燧：古时称拨达岭位于乌什县城西40公里的
乌一别路边戈壁滩上，西邻别迭里河，扼通往别迭里
山中的要冲。

爱与恨——古老的传说
血与火——蹉跎岁月

古道上商贾往来穿梭
你还在这白茫茫的冬日
结缘一场旷世的雪么?
在平静的目光下
用一颗不安宁的心
时时忽闪着机警的眼睛么?

路过大龙池

你的眼睛容不下
弥漫的黄沙
即使昆仑美玉晶莹
你也不愿沾它丝毫的色香
面朝碧波，清明如镜
赤橙青蓝紫裹满蹄印
羊群、骏马、塔松、雪峰
一块祖母绿，天光云影
交合牡马生龙驹
撩起龟兹先民的图腾恍若仙境的龙池
说不定什么时候
真会跳出一匹飞翔的龙马与你匹配
脚蹄的钝响
从天山背部驰骋而来
一声马嘶，载着落日
日行千里夜行八百

弹琴复长啸

崖的虹，浪花吻着岩石
鹰笛声顺流而下，一头撞进
月亮谷，一道迷人的风景

水路似钵，悬的石
绝情的剑，花的谷
一座巨大的彩虹
把我带进一个童话世界

大自然美丽的图画
天赐圣水，任性放荡
一个奋不顾身的化身
激情掷入谷底
剪开一条荆棘丛生的路
断了落红的怨

龟兹民歌

龟兹的天，空灵湛蓝
绿洲是这里的脸庞
晚霞亲吻胡杨的唇
突然窜出一只野兔
戈壁灵疯长

龟兹的地，隐匿生命
被世界的眼睛遗忘
被不同的眼睛遗忘
不同的昼夜不同的呼吸
星星坦荡，白昼喧嚣

在龟兹
马车夫的歌
也不同于其他任何地方

浑圆的沙城

浑圆的沙城
骆驼是起伏的沙梁
河床，流淌时光
猎人手持弓箭
铜弹尖上闪着金光
羚羊的灵魂在奔跑
鸟儿的灵魂在飞翔
马鹿的灵魂在哭泣
盯着猎人的永恒猎人
拉紧弓弦

远古的葡萄一串串
悬挂在沙漠夜空
一切嘈杂戛然而止
克斯勒塔格佛寺的塔尖上
升起一轮圆月

骆驼纪念碑

漫漫丝路留下你的足迹
你的驼掌熔化岩石，背负太阳
走过茫茫戈壁，远山投进你的怀里

你的眼里壑不是沟，力从何而来？
莫非是大自然神奇的智慧
谁也不给，只给了你？

岩石烤得生了烟，汗水
从崖头流下。你凭感觉走着
狼虫虎豹也撞上，遇到危险

眼中的光总不熄灭，神奇的自信
沙漠留不下你驮着的丝绸
夙愿留在尘寰，希望就是这样

风暴划过乱石，疯狂舞蹈
看着你重负的身躯，太阳也疲惫
你的履历，走过的路上夜影呢喃

旋风转到你身后，你看一眼

一声慨叹，一辈子没吃过拌好的草料
或者在棚圈里睡过一次囫囵觉

饿了，主人往你嘴里扔个苞谷面团
也算犒劳，有时喝着风也算果腹
道路何其迢远，望穿林荫路

吃了苦也不大喊大叫，除了劳顿
你不占别的便宜，决不把驮子卸在
半路。每走一步步履维艰

万一你的商队死去，眼泪洗净尸体
你是崖，尽管生命波打浪击
在戈壁，你如岩的躯体在微笑

这世界，这大地，这丝路，与你的足迹
息息相关，它们以自豪和骄傲纪念你
在你被埋没的足迹上，祖国巍然屹立

慕士塔格峰

犹如把苏巴什达坂当作椅子

把脚泡在喀拉库勒湖里

你宛若一位穿白长袍的老翁

微笑着眺望远方

我听说，塔吉克人尊称你

——慕士塔格阿塔（冰山之父）

你的目光高，高出风的高度

你怀揣神奇的花儿

将瓦法和古丽夏提纯洁的爱情

刺绣在塔合曼的花园

落在你的峰巅

白云变成鹰

在你洁白的身体上

签名

千百年来，不惧风暴雪狂的探险者、勇敢的旅行者

你的滴滴水

汇聚成清澈的河流

生命之歌将自己的波涛投入塔里木河

你的爱情仍青葱稚嫩

时刻与大地紧紧抱在一起

楼兰美女

楼兰的梦醒了
久久的沉睡之后
是一个孤独的界限
猎取的遗容
是楼兰美女无拘无束的放纵
木的棺，牛的皮
梦魇的状态进不了黄沙

她有一张瘦削的脸庞
高隆的鼻梁如鹰钩
黄褐的卷发如溪瀑
尖顶的毡帽
还插了两根旌旗招展的雁翎

她整整沉睡了三千多年
世世代代感觉不到嘈杂
原始的一个活仙女
最终成了一名骑手
颂扬风尘
不知谁在诵念阿弥陀经

可克达拉，绿色的海

早晨太阳从山峰一露头
可克达拉草原撒满羊群
我的心也在马背放飞

伊犁河就在我眼前泛波浪
她宛若一条爬行的银蛇
背负着地平线静卧

传说洪古大海在此迷失
走累了就睡一个晚上
早晨起来怎么也动弹不得

春夏秋冬一年四季
再也听不到大海的惊涛骇浪
只有北风吹雪花飘

骆驼驻在草甸中央
我家就在可克达拉草原
毡房如雨后的蘑菇

可克达拉是个多湖之家……

我眼前是绿色的大海——可克达拉

可我没见过大海

绿满柯柯牙①

植树植树……飞鸟的楚歌

追赶一棵飞翔的树

枝头作为翅膀

戈壁滩上哪有雀儿落脚的地方

沙尘暴不定期扫荡之前

最好能赶上鹰的脚步

迅速从不毛之地

飞抵森林之所

我知道树是一个高贵的女神

她从来不会光顾荒漠

甘愿俯下身子抚摸和亲吻

脚下每一寸焦渴的土地

红黏土紫砂土……

挖开一个树坑栽下梦想

鹅卵石在我的圆锹上狂舞

---

① 柯柯牙：荒漠绿化防护林工程，从 1986 年起到 2007
年的 22 年间，全城区的各族军民进行了三期造林工程
大会战，在昔日的荒滩戈壁上建成了南北长 25 公里、
东西宽约 2 公里的"绿色长城"，被联合国环境资源保
护委员会列为"全球 500 佳境"之一。

声音清脆悦耳

栽下一棵树苗在我心里
播种一地希望即将收获幸福
三十年前我在柯柯牙
栽下一棵"绿水青山"的树

一个寓言的诞生（组诗）

1. 初始

暗室中粉色的声音
撕裂
无限穿越白昼

夜悬浮肢体
在浴室的
墙上摇晃哗哗流淌

光亮洒向四方
光阴紧迫如车轮旋转
白昼洗浴夜晚出汗

2. 孕育

无限的池塘
正午的一种颜色
你的梦是水中

玩耍的系铃的蝌蚪

在光环中……
身体之星浸入体内

诗行如金色的
鳞甲
鳞甲潜入鳞甲中……

3. 出世

撕破粉红的窗帘
窗玻璃被砸碎
称作时间的这个屋子

浴室的声音消失
我的笑是水
我的哭是水

我的手指上
戴着
水戒指

4. 因

称作传说的这个
过程

活了过来

在孤独的身体中
是蝌蚪
是白色的蝌蚪

这个传说的
始作俑者
用五指梳头

5. 果

一片叶子
走过一秋
粉红色的生命

小路上刮过来
一阵风
一条天蓝色头巾

从寓言中走来
走过这条路——
这条粉红色的路……

石人墓

阿合奇遗址上
诉说石人传说
考古学家断言
草原石人还原

两座石人墓前
伫立传世石人
卵石岩画忧伤
向内哭泣可怜

圆脸下颌略尖
眉眼鼻嘴清晰
鼻下胡须全脸
嘴角微翘朝上

迁徙岁月路上
含泪的石头人
坟墓道出沧桑
四周围有石圈

托木尔峰耸入云

托木尔峰耸入云

耀如银，闪如珠

阳光如炬，争先登上峰顶

亲吻过峰峦，又行注目礼

走过你的身旁，然后

一路西去，夜晚

一轮天山月，守在你

身旁，不离不弃

星星围成美丽的光环

一个个向你挤眉弄眼

冰雪犹如银色皇冠

冬夏不化　顶礼膜拜

托木尔峰充满传奇色彩

大自然的宠儿　镶嵌在

胸脯上，如一朵

破石而出的雪莲花

抑或天鹅落在春天的湖泊

乡村是个诗性的世界

你做了乡村风景里的风景
忘却了更迭的春天
一片紫色的树叶
都市宁静
在两个人的心房
撞击昨天，流年无私
采访的镜头换成风
而道路，是一个乡村的往事

你在城市里寻找诗　月牙降落天边
独自聆听
你让诗睡在街巷里
梦中的葡萄园不会结果

乡村是个诗性的世界
大漠恸哭，日子里面
无力进行下去的一切
让你想到她的容颜

时光里面唯一的华彩
铭记你的莅临
昨是今非

封冻的多浪河

封冻的多浪河，面色冷清
低声喘息，胸脯被禁锢
世界在根的温暖里
太阳吐出微弱的光
融化纠缠不清的思绪

一夜梨花盛开
大地铺上迎宾的绒毯
冰下河水自弹自唱
古老的一支歌谣

孩童在梦乡
听月亮的童话
连着天山，连着雪谷
冰凌直下，眺望远方的草原

古稀之年。近看
沾染老朽的单纯
一帧素净而美丽的图画
完整摄入心的底片

故乡

大海不是你的故乡
天空是大海的故乡

太阳生不了你
你却每天生一个太阳
你是金灿灿的太阳的母亲
太阳与你心心相连

一条魂牵梦绕的丝绸之路
拉直了大漠孤烟
夕阳煮沸了
山药米拌面
黄台陈酿芬芳四溢
西营河连着天马湖
凉州女人石榴般魅人的风情
搅碎了月色
我的脉管里流淌的
依旧是故乡的河

彩虹

窗帘披着月光
静谧和夜色一样隐蔽
一粒湿湿的雨滴来到人世

丝丝雨，丝丝情
缠绵在树叶间
虽然来自云
可还是有一个虹桥
和她的彩裳一样清凉

青草收讫串串珍珠
亲吻温润的泥土
也被清脆的磕碰拆穿
河里的鱼露出一点红唇
被湖面的风绊倒
躺了下去
一段仰泳摘得星星
一段蛙泳淹没月光

游罗马斗兽场

忍受着阳光的灼烤
忍受着地中海风的舔舐
听不到罗马斗兽场的喧嚣
曾经的庆典和惊心动魄的
竞技表演哪去了？与斑斑血迹
一起，全都烟消云散

新世纪的游客接踵而来
也不知寻找什么。抑或
是来观赏依旧磅礴的斗兽场
想象几千年前皇宫贵族
坐在最高的坐席上
一身肌肉与伤痕的奴隶
仰天长啸出场的猛兽
享受那种胜者为王
败者为寇的历史荣耀感

皇室再强，强不过时间
风轻轻一吹，时光一流
一切都化作烟尘
剩下的唯有见证一切兴衰

却无法言语的斗兽场

我独自伫立废墟下
它的曾经只能靠想象了
偶有穿着古代服装
游走在废墟边上的"战士"
为合影者提供收费服务

白鹿上书院

在升起的阳光里
延伸你的历史文化内涵
伴随中法文化的交融
触摸不到的灵魂
在疼痛中静候

一座诞生于光绪三十四年的
罗马式与哥特式
混合体白色建筑
在山林间英姿飒爽
耀眼夺目光辉照人

披星戴月的牌坊
送走一代又一代的梦想
净化己身，心灵回归大自然
白鹿从梦中醒来
阳光穿过书院上空的白云

走向至上之神
获取神恩的决胜之所
人活着也需冶炼良心

这日子才会鲜艳夺目
犹如人间的海市蜃楼

孕育信仰种子的土壤
生活中的喜怒哀乐
展晒神恩临现的祥云
安定团结和谐共融
心灵的充实精神的向往

上书院灿过夜空的星光
卧在青绿的草场
领我走近幽静的水旁
还使我的心灵得到舒畅

玉暖生烟

饱吸大地的精华和日月的神气
伏羲在洪荒的伤口上等待
半山腰与女娲相遇
兄妹祈良缘
冶炼爱情的五彩石

女娲历经千难万险
天窟窿补上了
地填平了
水止住了
龙蛇猛兽敛迹了

玉龙喀什河、卡拉喀什河
飞流直下，如两条
银光闪闪的飘带
这里风调雨顺
玉暖生烟
新石器的先民
耕耘心灵的麦田

不知又过了多少个世纪

有人冒险寻玉

有人欣喜若狂

也有人迷惑不解

有多少欲望被每个人解读

把卑鄙和污尘滤去

把高尚和纯洁彰显

玉高五千米

六月的雪酝酿女娲补天的故事
玉是女娲的情
为补天而泣
艰辛和忍耐化作哀伤
化作父老乡亲的衣食饱暖

有多少能工巧匠
有多少艺术大师
把自己的智慧雕进精湛的工艺
他们的玉雕作品流光溢彩
一条玉石之路
从昆仑山开始

传递真情，传递友谊
它的价值有时比金子还珍贵
穷人与富翁没有距离
一块玉承载十卷书的语言

今天寻宝的冒险者接踵而来
不放过时代带来的机遇
探险者成千上万

玉龙喀什河畔
成了探宝者的乐园

也许大地会给后人留下遗憾
使他们能够分享玉的光芒
五千米高的玉
滋养五千年的文明
大自然闭上眼睛
接受宇宙的洗礼

齐兰古城

遗弃的废墟静卧

如走失的骆驼

风穿过我的目光

齐兰河翻滚沙浪

对我诉说依稀的过往——

给了戈壁雨

给了柽柳花阳光……

风有时候也是个骗子

晒太阳的墙上

映出孤独的脸谱

各自寻找自己

木桶的残片

曾经澄清的水

化作一个个灵魂

两千一百年前的这个古城

活着的故人，论争不休

街道宽敞，我们漫步在

现代人创造的黑油路上

火之惑

在高楼大厦的琉璃瓦下

一座新崛起的城市

突现在我的眼前……

克孜尔尕哈烽燧①

突兀的土丘爬满荆棘

爬上你满目的疮痍

野风时断时续

任凭沙粒这些顽皮的小家伙

啃噬你的面颊，簌簌作响

克孜尔尕哈烽燧

静候南来北往的游人

仿佛瞭望到

漫长的丝绸之路

狼烟突起

军情火急

闪电般传进万里迢迢的大本营

于是，机警的眼睛在长矛上跃动

拼搏厮杀的吼声

激动人心的传说

被历史永久定格在这里

岿然不动

供雷电临摹

供夕阳欣赏

---

① 克孜尔尕哈烽燧：克孜尔尕哈烽燧位于库车县城西北
盐水沟东侧，在维吾尔语中为"红嘴老鸹"或"红色
哨卡"之意。它是新疆境内年代最早、保存最完好、
规模最大的古代烽燧遗址。

苏巴什古城

我来了
走进你残垣断壁的古城
那幽怨的驼铃声
语言连着语言
那驮着丝绸的庞大驼队
眼睛亮着眼睛

千古足迹
交汇着东西方文明
在制陶人手中磨成齑粉
深谷峻险，折断的光
同河流的记忆一起躺在谷底

七十岁，我在干净的人世间
风暴以春天的电压
照亮了古城
新时代的列车在雨中驰骋
龟兹音乐，在石头
与骨头的夹缝中歌唱
爱之曲，从我指尖滑落

千泪泉

细瀑飞流

眸子总能让我畅想

眼前是希琳还是寄托

在发丝的背面

有千千万万你的倩影

紧随其后

飞流也许生在你迷人的秀发上

飘乱一个奇迹

在千泪泉的背后有多少低吟

突然看见你唤出的魂灵

是英俊的法尔哈德

千佛洞外还有一个广袤的天

就是塔克拉玛干

大漠之上还有一个奇迹

就是屹立的克孜尔山

渭干河上的传说把一片苦叶折磨

又跑来多少可汗

把希琳和法尔哈德奉为明星

面对燕子山，一切表白都苍白无力

登上燕子山
才知道乌什
天的高远，地的厚重
一览亭历史的重荷
压在沉沉的双肩
压得我张着大嘴
像一条新疆大头鱼
去追逐托什干河里
晨曦纷呈的浪花

山下公路蛇形蜿蜒
莫不是当年戍边将士
在腥风血雨的燕子山风暴过后
甩出的弧线幻化成的光环
让尖利的往事刺痛温柔的心
发情的季节
鼓荡母性饱满的双乳
抖落星空溢满岁月的哀伤
创造恢宏，呼唤爱情

哦，你经过血与火洗礼的巅峰

在旋转的光环里俯冲

在热血澎湃的琉璃中上升

仿佛跃进我昏花浑浊的眼睛

访艾德莱斯作坊

古老的技艺，灵巧的双手
把大自然美丽的色彩
织进根根丝线

卷卷丝绢，条条丝巾
纹路是水火土
花卉五颜六色

大地是丝绢，河流是丝绢
田野开着花朵
爱情鸟在花丛歌唱

丝绸的故乡，商贾赞不绝口
艾德莱斯绸
活跃了中外市场

戈壁蜃楼

黄沙埋没的古城
倒映在天上
魂在戈壁游荡
如《西游记》里
被妖风刮起的经卷
生活无常，日月变迁

大地神奇如画
天空彩虹如织
羚羊在胸脯上啃青
骆驼刺是我愤愤的幽怨

啊！新世纪的列车——
我身旁有条丝绸之路
护送你平安到达前方客站
我或活着或死去
永远如天上的圣火
照亮无数个蜃楼

绿色盆地上

我的灵魂被云儿带走
风儿吹过我的躯体
绿色的盆地上
金色胡杨的涛声

我的这个湿漉漉的躯体
与你火烫的掌心相遇
与青草的芬馨拥抱
激情分裂成
一堆碎片
在你刘海儿的潮润中流淌

你的存在使我羞涩
你的情揪我的心
你的油泵扎进我的胸膛

托什干河

我弄不明白
为什么人们把你叫作兔子的河
而没在你的涛声里融入雪豹的狂啸

河水拍击岸堤
波浪吞噬波浪
阳光迷醉于粼粼波光
清清的风
吹拂你飘逸的秀发
凉凉的水
吻舔你玉兔的躯体
疯疯癫癫的爱奔流而去

奔波忙碌一天的人们
枕着潺潺的河浪声
陶醉于这美好的时辰
笑声融融，端起
琥珀色的穆塞莱斯一饮而尽
醉了不需眼泪相伴
天下哪有不散的宴席
何须九回肠

我独立河边

头顶炎炎夏日

阅读你奔腾而又激情的语言

枉费这风调雨顺的光景

醉红尘

山顶客栈，与命运相遇
一个狂妄的意念
啃咬苟延残喘的脚尖

找不到客栈，叫苦不迭
我的足迹——长长的山路

掌控情感的姑娘
梦中梦见的天堂
丢在半山腰
沉入大海的爱恋

像钻进粘网的鸟雀
怎么扑棱也脱不开身
欲望牵着灵魂，步履不安

心如龟裂的罅隙
跟着脚步寻找甘泉
为了不重蹈覆辙
充耳不闻你的呼唤

闪

以光的速度
劈开一条缝隙
通往天宫的门缝
一声炸响，闪光
雷霆万钧

千万别惹闪
他有连接天神的梯子
还在懵懂的那阵子
早就和上帝一个脸色

金鱼

瞬间泛起的墨波
将你囚禁在一张白纸上
曾遨游在江河湖泊
鱼翔浅底
自由追逐嬉戏
此刻，一只穿红袍的羊脂玉
舔着我的脚心，舔着……

行踪

云生霹雳，雪峰之上
闪着银光。鞘中剑不像剑
此刻，第一缕太阳
寻找永不满足的灵魂
山中雨，或者涧水
夜空隐藏月亮和星星
有一颗明亮的流星划过

生死劫

鼻子被闪电钩了过去
野刺玫缠住疼痛
一只觅食的野兔
把蹦跳的姿势当作
鹰爪之下的逃生

鹰的盘旋，覆盖视野
尖叫出腐烂的羽毛
俯冲，抖动
和沙漠争夺生灵

野兔总会生生不息
春天的戈壁
不会堵塞秋后的猎取

猎鹰谱

马背上的猎鹰
瞅准猎物
炊烟把你埋葬
有人糊弄出一片光明
你不必再俯冲

你的柔弱没有人看清
你的眼光弹起晴空
把草和沙石叼衔
高出风的高度
开始俯冲

乌什抒情

托什干河那支古老歌曲
在岸上追寻恋人
风吹过的足迹上
丢失了初恋的忠贞

燕子山翘首凝望
那座陌生而孤独的驿站
七女坟旁纤柔的魔影
是鸟儿飞过时滴落的盹眠

九眼泉在梦呓中
潺潺地叹息
记忆中的"远迈汉唐"
打发走数不清的日子

在亚喀艾日克村

沐着奶香
孕着爱恋
坎土曼勾勒出绿色情感
这是村民生活的乐章

村后的乌伊布拉克山泉
流淌着天山的乳浆
谁也无法寻找的
是只属于亚喀艾日克村的明天

摇篮似的托木尔峰
为翻天覆地的新生活作证
无数甜蜜的梦想
揣进伟大母亲的怀里

牧羊女

唇，镌刻的花瓣
眸子涌动春泉
皓齿如浪花洁白
鼻如流线箭楼
驹鬃般乌黑的秀发
睫如祖父手中的箭弩
痴恋于你的美丽
酒窝迷醉心

微笑荡漾着星辰草原
心里盛满春暖花开

柯尔克孜族毡帽

一叶世纪的羽毛
编织成扁舟
没有被风暴卷进
遥远的地方
摆弄自己的翅膀
丹青色的语言
表达头顶之上的图腾

不必说出骑手的快感
扬鞭驰骋
就可表达马背民族的遗风
自然流畅
心田有只灵动的鹰
和芨芨草翱翔在托什干河畔

请别言说毡帽的族裔
装不下《玛纳斯》的重量
其实早已经过一番思量
正是这荒山雪雨
洗刷了一叶羽毛的闪亮

难得的相逢

在叶尔羌河畔，刀郎部落
寻找木卡姆的蛛丝马迹

冥冥中世界站起
吟唱中木卡姆诞生
木卡姆艺人点燃篝火
给世界带来光明
一个天籁的声音

野性冲刷叶尔羌河
春泉浇灌音乐
纯洁的意象洗涤野性
音乐洒满绿色人生……

风的娇艳，韵律为荒原着色
森林是山鹰的遐想
自然界完成语言递进
玫瑰花丛是夜莺的乐园……

听吧，刀郎苏醒
山岳耸起音乐的峰

序曲邀请天庭的星星
诞生无数民歌

木卡姆艺人焕发青春
过门儿乐曲盛开
生命瞬间升华
呼吸芬馨

赤的壁，花的谷
刀郎闻着木卡姆音乐
滔滔不绝的世界激情澎湃
一个崭新的地平线开始泛红

裸露的河床

一条裸露的河床
经历，太阳和月亮作证
心中有个秘密的罪过
成了你永久的悔恨

远处隐隐约约的山
也许就是这条河的边
心中纷纷扬扬的沙
也许就是这尘世的泪眼

当高歌而陶醉时
世界便被酷热吞噬
小草羞羞答答地站起
憋闷得透不过气

沙沉不住
旋风狂舞
鸟儿寻找绿叶的歌
鱼儿弹出河谷

两岸盛着目不转睛的期待
两片肺叶传递着呼吸
我沿着裸露的河床走着
干热风夺走你的一切

天籁之声

我侧耳聆听天籁之声
以甜蜜的声音叙述
注视天地
世上没有无声的东西
星辰的声音在眼睛
花朵的声音在花瓣
天空的声音在脸庞
苹果的声音在颜色

山峰叙说巍峨
草甸传出绿色的声音
鹰翅吹笛
根逃离静寂
芦苇向远方倾吐寂寞
金色的梦在树梢露出微笑
鱼儿叙说惜别
水在岸上的故事热闹非凡

我侧耳聆听天籁之声
一个声音是真、善、美
一个声音是假、恶、丑

小村晨曲

雄鸡啼破黎明

钻天杨挑起乳白的纱巾

田野犹如一架竖琴

晨风用温柔的手

弹出了一串欢快的笑声

向四野飞去

那牵惹出的一缕悠长的炊烟

莫不是难隔的乡情

塔克拉玛干之夜

"呜呜呜"地吹着催眠曲
风暴荡着摇篮
盖着穹隆，枕着沙梁
塔克拉玛干安然进入梦乡

凄厉的风铃
持续的低吼强化着外在的狰狞
众多的走兽哑然失声
众多的青鸟无处找寻

黄羊惊慌逃窜
冰雪折射出它的梦幻
一跛一踮的狼
腿下走失了悲伤与绝望

电打雷击
一次又一次难耐的磨砺
也许它是个无知觉的家伙
醉汉般沉沉地睡去

风魔骑着旋风左右旋转

喜欢的就是它松软的心肠

头发筑成天堂巢穴

手舞足蹈，鼓乐喧天

时而尘烟般悠然升腾

缓缓从洞中升向穹苍

携着飓风，仰天狂笑

魔爪铁叉般伸向四面八方

时而凑在一起举行欢筵

神秘的脑壳，美丽的酒具

羊肉串上飘着女人的芬馨

干枯的夜在酒中哭泣

当晨曦金针般刺来时

刹那间它就变成了骆驼刺的花

从山羊的肋骨下

开了一道直通骨骸与心脏的叉

骸骨让尸体直立

显露出瘦骨嶙峋的高大躯干

上苍充沛的泪血

在脉管里汩汩流淌

星光投下的光束

编织着富丽堂皇的夜

也许塔克拉玛干半醉半醒

贪得无厌的眼里扎进一根刺

风沙埋没了村落

有时也在梦里看见

只有那颗明亮的启明星

跳跃在石油钻塔的塔尖上

离开古如其阔坦

一棵截断的胡杨在哭泣

赤裸的戈壁在喷火

灵在漠野低飞

沙包背后吵闹喧哗

坟茔里复活的幽灵

哼哼唧唧地唱着歌谣

腰肢柔软挤眉弄眼的村姑

折下一枝沙枣花插在头上

沙丘阳光闪烁

一只白鸽落在白杨树上

雕花柱的屋檐下

不知谁在翻阅信笺……

葡萄藤隐去黄昏

夜晚旅人住进客栈

街市上交易频繁

星星当空划下……

一棵截断的胡杨在哭泣

赤裸的戈壁在喷火

小镇被镀成锦丝绒线团

全世界都刮目相看

离太阳最近的地方

这是祖国的西大门

这是塔什库尔干

这里靠近太阳

我看到离太阳最近的人们

在帕米尔草原上盛开的

格拉芙花

泽拉甫香河

头戴夏伊达依平顶花帽的

塔吉克姑娘跑过来

成千上万个太阳迎着笑脸

帕米尔草原上的野山羊

汗血马、牦牛、当巴什羊

吃着我心上的嫩草

灵光曲

心醒灵醒灯入睡
躯体燃尽，仅剩捻子
一个孤独的人渐渐老去
太阳西沉，坠入远方的黑海

曾想火焰般燃烧
最终还是闭上眼睛
一个没有死亡的空间
不留伤痕。不邀夜的灵
只求无形的神
生命在于燃烧，掌控火狱

敲响天国的门
记录活生生的灵光曲
找不到救赎的路
大胆选择末日
爱两个世界本身是一种幸福
甚至死亡也美丽，爱无悔……

静听，枯萎的歌

枯死的胡杨
蓝色的梦，在苍穹
自由飞翔
如麦西热甫舞女
秋声憔悴，金梦凋零
风梳过的发辫
笑声稀疏

根，撕心裂肺
听枯萎的歌
天空降下霓彩的季节
恐怖在心底蠕动
夜色浓浓
培植缄默

隐入烟尘

鸟巢筑在太阳上
星星是它们的心
银河是月亮的想象
风是云的祈盼

雨是天空的喜乐
白雪是春天的裙裾
树木随着孩子们的心意长
山却是尊严的象征

人与人结缘
所有的歌唱着爱情
活人，死人的心电图
太阳闪光的形状

石头城堡

这是用石头建造的城堡
这是城堡建筑史上的奇迹
不知把多少个世纪
砌入坚如磐石的历史

有如两匹骏马，驰骋、嘶鸣
东西方文明，在你身上交汇
相互之间通过语言的纽带
在繁华的竭盘陀国产生过灿烂辉煌
远古的帕米尔人
用石头为你奠基，用黄胶泥
从六百里外的托格伦夏
手牵手的汗臭味
依旧在你的城墙上闻到

玄奘
翻山越岭爬冰卧雪，从印度返回时
被妖风刮进徙多河浸湿的经文
铺开在你身上晒干
成吉思汗的骑兵
浩罕劫匪的屠刀

依旧在你变黑的石头上绽放

仿佛帕米尔天空的落霞
在民族英雄库尔察克胸前
从弹痕滴出的古籍
以保家卫国为代价著就
嗥叫的狼、提孜那甫草原上的羊群、牦牛群
在塔什库尔干河沉闷的涛声中
从一个世纪到另一个世纪
被置入众多商旅的记忆
被嵌入无数的眼睛

我仰望塔什库尔干的天空
云，变成了银灰色的鹰
不，不，是一只展翅翱翔的大鸟
降落在帕米尔机场
他们扛着摄像机走来
就像斯坦因一样
为了翻阅你古老的典籍
与我这个古稀老人聊起了天

塔什库尔干，一个美丽的传说

我闭上眼睛

当我的心转换成眼睛

我看到一个曾经多么恢弘的建筑

每一块石头都是一个英雄

每一块埵坏都是一堆篝火

每一粒尘埃都是一片天空

神奇的石头城堡

望着慕士塔格阿塔山

张开双臂

坐落在山坡上

仿佛与阿法勒希亚夫山遥遥相望

如一位高鼻梁的塔吉克老人

去迎接远方牧归的儿子

仿若在给孙儿们传唱《五兄弟》史诗

抑或在与金草滩的无数游客

问询说不清道不明的事情

塔什库尔干，一个美丽的传说

在现代与历史之间

讲述永远美丽的帕米尔高原

在丝绸之路的要塞上

在她周围抛洒无限的光芒……

丝路驼队

丝路驼队在沙漠里跋涉
步如山，脊如梁
这边是绿洲，那边是神秘世界
长长的逗点被戈壁蜃景吞噬
飞蓬跟着旋风狂舞

被遗弃的残片上留有古老的文字
发霉生锈的星星撒了一地
不知是谁将它拼命串起
丝路驼队有千种万种的幻觉
看到冒险的野羊，偶尔也心欢
有惊奇，也有历险和迷失
皮囊里装着日用的饮食
谁是帅，谁是卒，也一样分工清楚
有一个信念统治这个驼队
并率领驼队走过岁月的苍莽

唇干裂，心欢悦
胡杨树冠撒满金币
沙公鸡在怀里啼鸣
远方驿站钟声四起

跋

癸卯年仲夏，德新哥哥诗集《火之惑》即将付梓，令我写一篇作文以作纪念。实在想推诿，我毕竟不是诗家，俗话说"隔行如隔山"。又不得推诿，毕竟是本家兄长之要求，可谓愁坏了"墙外人"。常念"德新"悟道"得新""摘得新，枝枝叶叶春"，德新兄写诗该如是收获，故题《德新，得新》。

德新居北方的新疆，我住南方的温州。我们是本家，名行都是"德"字辈，他比我年长，我叫他"德新哥哥"。有一句诗如是表达："我住长江头，君住长江尾。日日思君不见君，共饮长江水。"虽然不常相见，但却属本家，而且都是武功堂苏，实为同血脉。

苏氏一族是黄帝之孙颛顼帝（即高阳氏）之苗裔。高阳氏六世孙樊·昆吾伯之子封于苏（今河北临漳县），我国苏姓一族，以此为始。苏氏至汉武帝有十个堂号曰武功堂、眉山堂、芦山堂、铜山堂等等。以武功堂为主，此要追溯到汉武帝时期，苏建讨伐匈奴有功，被封为平陵侯，全家迁徙到陕西，后来，陕西武功等地苏氏发展成为名门大族，此为武功堂称号的来源。

家谱记载："苏建有三子，曰嘉，曰武，曰贤。武出使匈奴十九年，有一子癸，其有十三子……"按照谱系，我辈当是苏武之后人。

时光逝水流年，人间血脉可以追溯到千年历史。

我与德新兄相识在中国诗歌网。2019年深秋的夜晚，我喝着咖啡打开诗歌网浏览。读短诗《飞鸿印雪》："一夜梨花轻轻呢喃 / 留下清晰的足迹 / 可惜，没人从身后跟来"。

我一下子被它戳中灵魂，天地间纯洁而寂静，一尘不染，万籁无声。其意境之美不亚于柳宗元的《江雪》："千山鸟飞绝，万径人踪灭。孤舟蓑笠翁，独钓寒江雪。"

作者为苏德新，我为其诗歌倾倒。

再读《风筝》："一只甜甜的蝴蝶，挣脱茧 / 命运在天空飘荡 / 笑和哭都是火红的歌"。我以为他是具有童心，灵魂有趣的诗人，在其诗歌下留言"有趣的灵魂是可爱的"，并留下QQ号。由此，我们加了微信，开始相识。

我总以为苏氏人家是有诗心的，先不说"三苏"，单说苏武唯一留世的《留别妻》也在古今诗坛离别诗中占有一席之地，后来诗人的离别诗受其影响，唐代诗人杜甫的名著《新婚别》是代表。摘录《留别妻》一段如下："努力爱春华，莫忘欢乐时。生当复来归，死当长相思。"诗歌表达朴实、真诚，诗人有一颗美好的内心。

苏氏人家诗心源远流长，比如苏东坡就是传承了"乐观、坦荡、忠诚、真诚、进取"的赤子之心。

《火之惑》之灵魂具有苏氏家族的诗心之美。读之既有"古典主义"的朴实、优美、幽深、深沉、热烈，充满理想主义色彩；又有现代主义的自由奔放，意象奇特。我以为德新兄的诗歌的确有"贯古今之美"。

"不知她在给谁绣手帕 / 绣针，刺伤心 / 我渴望再次回到'央塔克'村"（《家的味道》）。"衔来软软的江南 / 飞鸿带信还 / 泪，擦拭翅膀上的旧玻璃 // 江南的油纸伞 / 被一些擦肩冷落 / 滴落在石头上的雨带回家"（《归燕有约》）。爱深刻，才唯美，才精致巧妙，德新的诗歌是有色彩、有画面的。他的情感深沉而热烈，且具博大高远之情怀。如短诗《月下》："一条河在夜里 / 澎湃，撩人的私语 / 马蹄声中远去 // 门，半掩 / 呼唤一颗心 / 梦里，读遍满天的星斗"。《清荷风》诗刊工玉点评："品味之后，我们不难看出一个草原牧人月夜相思的'澎湃'情感，诗人通过富有动态感的意象和辽远的意境而表现得如此美妙！"又如《火之惑》《一张白纸下着雪》《石头》《一杯苦咖啡》《芥末酱》《胡杨之觞》《弹琴复长啸》等诗作，诗人运用比兴、象征、隐喻等经典的艺术手法表达出重要的生命精神和人性哲思。

德新的诗歌令人留恋忘情，我以为他的诗歌品质诚如钱锺书所说："即物见我，如我寓物，体异性通，物我之相泯。而物我之情挚。相未泯，故物仍在我身外，可对而赏观。情已挚，故物如同是我衷怀，可与之融合。"

德新诗是得新的。

《胡杨之殇》不写"胡杨"之壮美，而表"胡杨"之"柔情"：

> 我多想做你永恒的恋人 / 可是在那一百
> 零八万个涅槃的日子里 / 我已经白骨嶙峋 /
> 变成了时间的残骸 // 我那个亘古枯魂 / 依旧
> 在听 / 三千年不朽的爱情之歌

如此，可谓艺术形象思维的迁移与拓展。"物"与"情"，"景"与"思"有效连接，诗人的感情被物化，很好地呈现了诗作情景交融的美学价值。

德新的诗集《火之惑》对于新疆这片热土的爱是忠诚的，是纯洁的，是热烈的，是崇高的，是神圣的；他在诗歌创作之路上是艰辛的，也是快乐的，虽然无法超越苏氏古人，但他表示了秉承苏氏家族的诗心姿态。

《火之惑》付梓，我在此表示祝贺。德新兄说诗集编辑过程中，《清荷风》诗刊的工玉老师给予了热忱的帮助，在此谨代表德新说声"谢谢"，也感谢给予德新支持的家人、友人。

以上为跋！

苏德来
癸卯年仲夏 于浙江温州家中